이것이 글자다

이것이 글자다

글자의 신 창힐과의 대화

김하종 지음

들어가는 말

2015년 두 권의 책을 출간한 뒤, 스스로 만족하게 되어 더 이상 한자에 관한 책은 저술하지 않겠다고 마음먹었었다. 그로부터 2년이 지난 2017년 여름, 중국 산동성 정부의 초청으로 4박 5일간 『서복사전(徐福辭典)』 수정위원회 한국학술대표로 참석해서 토론 일정을 소화하던 중, 어느 날 토론을 마치고 숙소로 돌아와 쉬고 있었는데, 무심코 가방 속에 있는 『동국정운(東國正韻) 실담어 주석(註釋)』이 눈에 들어왔다. 이 책은 어렵게 구하고도 읽어보질 못했기 때문에 심심하면 읽어볼까 해서 가져온 책이었다. 책을 펼친 순간부터 호기심을 자극하는 재미있는 내용들이 많아 상상의 나래를 한껏 펴면서 읽어 내려가던 중, 진실로 놀라운 글들을 발견하게 되었다.

"한자는 한국어에 능통한 사람만이 연구할 수 있다!"

이 글을 접하는 순간 나는 심장이 멎을 것만 같았다. 왜냐하면 지금까지 한자의 형태를 연구하면서도 이러한 생각을 거의 해 본 적이 없었기 때문이다. 여기서 말하는 한국어란 고어(古語), 중세국어, 현재 각 지역의 사투리를 포함한 한국어를 말한다.

한자에 대한 연구는 발음에 대한 연구(음운학), 형태에 대한 연구(문자학), 뜻에 대한 연구(훈고학) 등 크게 세 부분으로 나뉜다. 나는 개인적으로 약 20여 년 동안 한자의 형태를 위주로 연구해 왔을 뿐, 발음에 대해 그다지 고려하지는 않았었다. 글자란 소리를 반영한 것임에도 불구하고, 어쩌면 소리가 훨씬 더 중요함에도 불구하고 그 중요성은 무시한 채 겉모양만을 찾아 헤맸던 것이다.

이후 나는 한자의 발음에 대해 많은 학자들의 연구 논문을 뒤지면서 연구하기 시작했다. 약 3,000년 이전~2,000여 년 전까지의 한자 발음에 대해 집중적으로 연구를 했지만 너무도 방대한 양이라 접근조차 불가능한 부분이 없지 않았다. 포기할까 생각하면서 자료를 찾던 중 '동방어언학(東方語言學)'이란 인터넷 주소를 발견하게 되었는데, 거기에는 지금까지 찾아 헤맸던 대부분의 관련 자료들이 들어 있었다.

만일 이 자료들이 없었다면 나는 이 책을 쓸 수 없었을 것이다. 이 자리를 빌려 약 3,000여 년 이전의 한자 발음을 연구한 고본한(高本漢), 왕력(王力), 이방계(李方桂), 백일평(白一平), 정장상방(鄭張尙芳), 반오운(潘悟雲) 등의 중국학자들에게 감사를 드린다. 그리고 『신자전(新字典)』을 편찬하신 최남선(崔南善) 선생, 한국어 『고어사전(古語辭典)』을 편찬하신 남광우(南廣祐) 선생, 『한국방언사전(韓國方言辭典)』을 편찬하신 최학근(崔鶴根) 선생께도 진심으로 감사를 드린다. 이분들의 연구가 없었다면 이 책을 쓸 생각조차 못했을 것이다.

"한국어는 동서양 언어의 뿌리다."

이 구절은 산스크리트어, 영어, 라틴어, 한자에 능통하신 강상원(姜相源) 박사께서 하신 말씀이다. 앞에서도 언급했듯이, 3년 전 우연히 내 손에 잡혔던 『동국정운 실담어 주석』에는 산스크리트어, 한자, 사투리 등이 실려 있다. 이후 이분께서 저술하신 많은 책들을 구해 읽어보게 되었고 덕분에 사라져가는 사투리에 산스크리트어가 살아 숨 쉬고 있음을 느낄 수 있었다. 이에 강상원 박사님의 노고에 진심으로 감사를 드린다.

여기에 수많은 내용을 한꺼번에 담는다는 것은 불가능한 일이다. 나는 지금으로부터 약 3,000년 이전의 한자 발음과 고대 한국어가 유사했음을, 고대 한국어는 산스크리트어와 관계가 있음을, 한자의 초기 발음과 산스크리트어와 유사함을 증명함에 만족한다. 향후 이 부분에 대해 계속 연구해나갈 것임을 독자들에게 약속드린다.

끝으로 이 책의 기획과 출판을 맡아 고생해 주신 한신규 사장님께 깊은 감사를 드린다. 특히 언제나 말없이 헌신적으로 뒷바라지 해준 아내 경아와 자식 성욱에게도 미안함과 감사를 보낸다.

2020년 11월
나의 아지트 뜨레모아에서

들어가는 말 _ 5

제1장 창힐과 만남

제2장 한자(漢字)인가 글자(契字)인가?

이것이 글자다

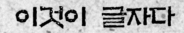

제1장

창힐과 만남

1. 행복, 행운

친구들과의 대화 주제가 한자어라면, 나는 늘 한자의 글자 형태를 활용해 풀이하는 습관이 있다. 약 20여 년 동안 한자를 연구했기 때문일 수도 있겠지만, 모호한 개념이나 추상적인 개념을 한자로 풀이하면 내 나름의 정의를 내릴 수 있기 때문이다. 수많은 추상적인 단어, 예를 들면 행복, 부자, 행운 등에 대한 자신만의 정의(定義)와 기준은 간혹 삶을 복잡하지 않고 단순하게 만들어준다.

며칠 전, 오후에 해변 근처에 있는 찻집에서 아내와 차를 마신 다음 바다를 옆에 끼고 천천히 걸었다. 바닷바람과 파도소리가 코와 귀를 즐겁게 해 주고 있을 때, 갑자기 아내가 "행복하지? 나 만난 것을 행운이라 생각해~"라며 손을 잡아주었다. 이 말을 듣자 또 직업병이 도졌다. 의자에 앉자마자 행복(幸福), 행운(幸運)이란 한자가 눈앞에 드러났다. '행복'과 '행운'이란 단어에 공통으로 들어있는 다행 행(幸)자. 어째서 '다행'이라고 했을까? 복 복(福)자는 어째서 '복'이라 했을까? 운(運)이란 뭘까? 등등 이런 저런 생각을 하면서 다시 한자의 숲속으로 들어갔다. 이제부터 한자의 세계로 여행해보자.

1) 다행 __ 행(幸), 엽(幸), 민(民)

최초의 자전으로 알려진, 지금으로부터 약 1,900여 년 전에 발간된 『설문해자』란 책에는 이상하게도 '행(幸)'이란 글자가 두 번 나온다.[1] 두 번 나오는 이유는 발음이 다르기 때문인데 이런 경우는 매우 특이한 경우다. 약 1,900여 년 이전에는 '幸'자를 '형'과 '엽'으로 발음했다. 그 후 약 700여 년이 흐른 후에야 '형'이란 발음이 '행'으로 변해서 오늘에 이르고 있는 독특한 한자다.

---

[1] 허신(許愼)이 지은 『설문해자(說文解字)』에는 540개 부수별로 각각 서로 다른 9,353개 한자가 수록되어 있다. 하지만 두 번 수록된 경우도 간혹 보인다. 예를 들면, 행(幸)자, 대(大)자 등이 그러한데, '幸'은 '행'과 '엽'으로 발음하기 때문이고 '大'는 '대'와 '태'로 발음하기 때문이다.

행(幸. 夭)

이제부터 '행'으로 발음되는 경우와 '엽'으로 발음되는 경우에 대해 각각 어떤 의미가 숨겨져 있는지 살펴보자. '夭'이 다행 '행'으로 발음되는 경우, 『설문해자』의 설명을 볼 필요가 있다. 이 책에는 "夭(행)은 좋은 일이 생겨 나쁜 일에서 벗어났다. 이 글자는 젊어 죽을 요(夭)자와 거스를 역(屰)자가 결합한 모습이다."[2]라고 풀이했다. 즉, 어떤(누군가의) 도움으로 어렸을 적 죽을 고비를 넘겨 지금까지 살아남게 되었다는 뜻이다.

지금으로부터 불과 50여 년 전까지만 해도 유아 사망률은 지금과는 비교조차 할 수 없을 만큼 높았다. 하물며 최초 한자가 만들어졌던, 지금으로부터 약 3,300년 전의 상황은 굳이 말하지 않아도 쉽게 상상할 수 있을 것이다. 다음 그림문자에서 볼 수 있듯이, 이러한 상황을 묘사한 기를 육(育)자, 좋을 호(好)자, 젖먹일 유(乳)자, 보호할 보(保)자를 보면, 자식을 애지중지하는 어머니 모습이 눈앞에 선명하게 그려질 것이다.

엄마가 아이를 낳는 모습. 기를 육(育)	엄마가 아이를 안은 모습. 좋을 호(好)	엄마가 안아서 젖을 주는 모습. 젖 유(乳)	엄마가 아이를 등에 업은 모습. 보호할 보(保)

---

2 『설문해자』: "夭(幸), 吉而免凶也. 從屰從夭. 夭, 死之事."

아주 오래 전에, 글자를 만들기 훨씬 이전에 출산을 앞둔 산모는 두려움으로 휩싸였다. 왜냐하면 출산할 때 아이가 잘못되는 일은 태반이었고 심지어 산모의 생명조차 담보할 수 없었기 때문이었다. 그래서 산모는 이 모든 일을 운명에 맡겼다. 순간, 산모는 아이를 건강하게 출산했고 자신도 힘겹게 살아남았다는 사실에 크게 감동하였다. 그리고 처음으로 건강한 아이를 안았을 때의 감동은 그 어떤 기쁨보다도 컸다. 새로운 생명의 탄생 여부는 해당 부족의 존망을 결정했다. 그 모습을 보고 부족민들은 흥겹게 노래를 부르면서 춤을 췄다. 이러한 상황을 묘사한 한자가 바로 앞의 그림문자에 있는 좋을 호(好)자다.

일반적으로 호(好)자를 남자(子)와 여자(女)가 만나면 좋다고 해석하는 경향이 있는데, 하지만 이러한 해석은 상당히 잘못된 해석이다. 여기서 자(子)는 남자의 자(子)를 이야기하는 것이 아니라 자식(子息)의 자(子)를 말하는 것이고, 여(女)는 여자애가 아니라 어머니를 말하는 것이다. 그래서 좋아할 호(好)자는 어머니와 자식이 서로 처음 만나는 순간을 표현한 한자다. 이 세상의 엄마들만 느낄 수 있는 행복한 느낌, 바로 이 느낌이 호(好)자다. 이러한 문화를 이해한 후에 다시 앞의 그림문자들을 보면 어머니의 사랑을 가슴으로 느낄 수 있을 것이다.

이처럼 힘들게 태어난 애기가 다양한 도움 덕분에 어린 나이에 죽지 않고서 성장했다면 그 얼마나 '다행한' 일이었을까? 죽지(夭) 않고(屰) 건강하게 성장해 가는 것(㐬)이 바로 다행 행(幸)자의 의미다. 즉, 지금 살아 있음이 다행인 것이다.

우리들이 성장하기 위해서는 자연의 도움, 가족의 도움, 사회의 도움 등

수많은 도움이 필요하다. 이러한 도움 덕분에 지금까지 살아온 것이 정말 '다행'이다. 이런 면에서 볼 때, 지금 우리가 살아 숨 쉬는 것 자체가 행(幸) 자의 의미요, 이미 많은 도움을 받았다는 것도 행(幸)자의 의미며, 도움을 받았기 때문에 늘 감사함을 느끼는 마음 역시 행(幸)자의 의미다.

엽(幸. 𡴘)

이제 '幸'자가 '엽'으로 발음되는 경우를 살펴보자. 그 의미는 최초의 한자로 알려진, 3,300여 년 전의 글자인 갑골문을 통해 알아볼 수 있다. 다음은 놀랄 엽(幸)자와 잡을 집(執)자의 갑골문 형태다.

놀랄 엽(幸)	잡을 집(執)

놀랄 엽(幸)자의 의미를 이해하기 위해서는 잡을 집(執)자의 그림(🏃)을 자세히 살펴봐야만 한다. 집(執)자는 사람의 양손을 수갑(手匣)으로 채운 모습이다. 그러면 엽(幸)자는? 사람은 없고 단지 수갑만을 그린 모습이다. 잡혔던 사람이 수갑을 풀고 달아나버린 모습이다. 달아나기 위해서는 몸이 날

렵해야만 한다. '엽'이라는 발음은 아마도 여기에서 나왔을 것이다. 몸을 날렵하게 움직여 얼른 달아나야 한다. 그리고 재빨리 달려 안전한 곳에 도달해야 한다. 그러므로 '달아나다', '달리다', '도달하다'라는 '달(達)'자에 '幸'자가 들어 있게 된 것이다. 이 경우 수갑을 채운 사람 입장에서는 죄인이 도망쳐버렸기 때문에 놀라서 어쩔 줄 모르는 마음이겠지만, 수갑을 풀고 달아난 죄인의 입장에서는 그야말로 '자유'를 얻었다는 느낌일 것이다. 도망쳤던 죄인이 다시 잡혀오면 어떻게 될까? 보복(報復)을 당하게 된다. 그래서 되갚을 보(報)자에도 '幸'자가 결합하게 되었던 것이다.

민(民. 𣍘)

3,300여 년 전 갑골문 속 그림들을 이해하기 위해서는 당시의 사회문화에 대한 이해가 선행되어야만 한다. 당시는 노예주, 노예주와 혈연으로 맺어진 가족, 노예 등 세 신분으로 나뉘었다. 노예를 포획하기 위해서는 반드시 다른 부족을 침략해서 승리를 거둬야만 했다. 패한 부족의 남성들은 거의 몰살당했고, 어린이들과 여성들은 승리한 남성들의 노예가 되었다. 이 노예들을 데리고 올 때 사용했던 도구 가운데 하나가 바로 앞에서 언급한 수갑이다.

잡고 온 후에 일부는 노예주의 첩(妾)이 되었고, 노예 아이(童)가 되었으며, 이 아이들 가운데 뛰어난 아이들은 자라서 재상(宰)이 되었고, 나머지들은 백성(民)이 되었다. 이 글자들에 대한 문화적 해석은 잠시 미뤄두고[3], 우선 백성 민(民)자의 갑골문을 보면 백성의 본질이 무엇인지를 확인할 수 있을 것이다.

굳을 간(臤)	사람을 통치할 혈(臦)	백성 민(民)

굳을 간(臤)[4], 사람을 통치할 혈(臦)[5], 백성 민(民)[6] 등 세 개의 한자는 모두 손에 날카로운 도구를 들고서 다른 사람의 눈을 찌르는 모습이다. 어째서 눈을 찌르는 방법을 사용했던 것일까? 어째서 백성의 원래 모습이 눈이 다친 사람일까?

사실 이 방법은 노예를 만드는 방법 가운데 가장 확실한 방법이었다. 물론 다리를 벤다든지 혹은 팔을 자른다든지 하는 방법이 있긴 있었지만

---

3 본서 5장, '여성 노예의 삶' 참고.
4 굳을 간(臤): 손으로 다른 사람의 눈을 잡은 모습이다. 이러한 행동은 노예를 만드는 방법 가운데 하나였다. 노예를 '굳세고 강하게' 통치한다는 의미를 나타낸다. 굳게 얽을 긴(緊)자, 굳을 견(堅)자, 어질 현(賢)자 등에 간(臤)자가 보인다.
5 사람을 통치할 혈(臦): 굳을 간(臤)자와 마찬가지로 손으로 다른 사람의 눈을 잡은 모습 혹은 다른 사람의 눈을 때리는 모습이다. 이 역시 노예를 만드는 방법 가운데 하나였다. 노예에게 '일을 시키다'는 의미를 나타낸다. 멀리 바라볼 형(夐)자, 눈 내리깔고 볼 문(闅)자에 혈(臦)자가 보인다.
6 백성 민(民): 날카로운 도구로 다른 사람의 눈을 찌르는 모습으로, 처음에는 '노예'를 의미했으나 후에 '백성'이란 의미를 지니게 되었다. 백성 맹(氓)자에 민(民)자가 보인다.

그렇게 하면 노동을 시킬 때 생산력이 크게 떨어지게 되기 때문에, 범죄를 저지르지 않는 한 팔과 다리를 자르지 않았다. 생산력을 높이는 방법은 온전한 신체를 그대로 내버려 두는 방법밖에 없었으나 그렇게 하면 달아나기가 쉬웠다. 하지만 만일 한쪽 눈이 실명된다면 노동 생산력은 그대로 유지한 채 원근감을 잃게 되어 쉽게 도망칠 수 없게 되었다. 그래서 노예주들은 뾰족한 침으로 노예의 한쪽 눈을 실명시켜버렸던 것이다.

달아나고 싶어도 달아날 수 없는 사람들, 그들이 바로 백성들이었음을 백성 민(民. 𠃌)자를 통해 확인할 수 있다. 더 나아가 한쪽 눈을 실명시키는 것, 이것은 진실을 제대로 볼 수 없게 만드는 행위다. 백성들은 이런 노예주들의 행태를 정확하게 간파하는 노력을 게을리 해서는 안된다. 그래야만 그들의 부당한 억압에서 벗어날 수 있게 된다.

다시 처음으로 돌아가, '幸'자가 '엽'으로 발음되는 경우는 구속에서 벗어나 자유를 얻었다는 의미다. 자유는 소극적인 자유와 적극적인 자유로 나뉜다. 소극적인 자유란 구속이나 속박에서 벗어난 것을 말하고, 적극적인 자유란 자기가 하고 싶은 것을 할 수 있는 자유를 말한다. 그러므로 진정한 자유를 얻기 위해서는 우선 시간적, 물질적, 정신적인 구속으로부터 탈피해야만 가능한 일이다. 이런 자유를 얻을 수 있는 사람이 과연 얼마나 되겠는가! 시간적, 물질적인 자유를 얻었다손 치더라도 정신적인 자유가 없다면 늘 불안하기 마련이다. 시간적, 물질적인 자유를 얻을 수 없다면 정신적으로나마 자유를 얻어야 하는데, 요즘은 물질에만 탐닉하고 있으니 자유를 얻는 것은 거의 불가능해 보인다. 자유에 대한 열망, 이것이 바로 엽(幸)자의 숨겨진 의미다.

이제 '幸'자에 대한 결론을 내려야겠다. '幸'이란 글자는 '행'으로 발음하든 '엽'으로 발음하든 그 의미는 "자유롭게 숨을 쉬고 있는 바로 이 순간, 자신을 지금까지 있게 해 준 수많은 도움에 대해 깊이 생각하고 이에 늘 감사하는 마음으로 살아가는 것"이다.

2) 감사 __ 시(示), 복(畐), 유(酉), 복(福)

이제 복 복(福)자에 대해 살펴보자. 복(福)자는 보일 시(示)자와 가득할 복(畐)자가 결합한 한자다.

시(示. 丁)

보일 시(示)자에 대해서는 두 가지 견해가 있는데, 하나는 고인돌 모습을 그린 글자라는 견해와 다른 하나는 제단을 그린 글자라는 견해다. 고인돌은 제사장의 무덤이므로 그곳에서 제사를 지냈다. 이런 의미에서 볼 때, 고인돌을 그린 모습이든 제단을 그린 모습이든, 시(示)자는 의미상 '제사(祭祀)'[7]와 관계가 있다.

---

7 제사(祭祀)라는 한자에 모두 '시(示. 礻)'자가 들어 있다. 이를 분석하면, 제사지낼 제(祭)자는 손(又)으로 고기(肉)를 제단(示)에 올리는 모습이고, 사(祀)자는 자식(巳)이 제단(示) 앞에 무릎을 꿇고 앉아 있는 형상이다.

제사를 지내는 목적은 무엇일까? 제사는 크게 왕이 하느님께 지내는 제사, 제자가 스승님께 지내는 제사, 자식이 조상님께 지내는 제사 등 세 종류로 구분할 수 있다. 왕이 하늘에 제사를 지내는 이유는 하느님께서 온 천하를 자신에게 주셨기 때문에 이에 대한 보답으로 감사를 드리기 위함이고, 제자가 스승님께 제사를 지내는 이유는 스승께서 지식과 지혜를 자신에게 전해 주셨기 때문에 이에 감사를 드리기 위함이며, 자식이 부모님께 제사를 지내는 이유는 생명을 주신 조상님께 감사를 전하기 위함이다. 즉, 제사의 목적은 감사의 마음을 전하기 위함이다. 이런 의미로 볼 때, 복을 받기 위해 혹은 소원 성취를 위해 지내는 제사는 제사의 본래 의미와 목적과는 크게 상반된 행위이다. 이미 베풀어주신 것에 대해 감사하는 마음 없이 단순히 이기적인 마음으로 제사를 지낸다면 신께서 들어주시겠는가![8]

유(酉. 酉)

지금까지 복(福)자에서 '시(示)'자의 의미를 살펴봤다. 이제 복(福)자에 들어있는 복(畐)자의 의미에 대해 알아보자. 이 문제를 해결하기 위해서는 우선 다음의 갑골문을 분석할 필요가 있다.

---

8 한국 맹자(孟子)학회 회장님이셨던 조준하 교수님 말씀.

술을 담는 그릇 유(酉)	묵은 술 추(酋)	복 복(畐. 畾)

　유(酉)자는 술이 담겨저 있는 항아리에 뚜껑이 얹힌 모습이다. 그래서 유(酉)자가 들어 있는 한자들은 대부분 '술'과 관련되어 있다. 예를 들면, 술 주(酒), 술 취할 취(醉), 술 따를 작(酌), 술 깰 성(醒) 등이 그것이다. 게다가 술과 식초는 발효 과정에서 생기는 불가분의 관계라 식초와도 연관되어 있다. 예를 들면, 식초 초(醋), 식초 산(酸) 등이 그것이다.

　배우자 배(配)자에는 어째서 유(酉)자가 들어 있게 된 것일까? 이 질문에 대한 대답은 배(配)자의 갑골문(配) 형태를 보면 알 수 있다. 이 형태를 풀이하면, 무릎을 꿇고 앉아서(⺈) 술(酉)을 같이 마셔줄 수 있는 상대를 나타낸 모습이다. 그래서 배(配. 配)자는 짝, 배우자, 아내 등의 의미가 생겨나게 된 것이다.

　의사 의(醫)자에도 유(酉)자가 보이는데 의사도 술과 관계있을까? 의(醫)자의 갑골문(医. 医)은 방안에 화살이 들어있는 모습이었지만 후에 손에 수술도구를 잡은 모습(殳)과 마취제 역할을 하는 술(酉)을 더하여 지금의 의(醫)자가 되었다. 의(醫)자와 의(毉)자는 원래 같은 글자였다. 의(毉)자는 술(酉) 대신 무당 무(巫)자로 대체된 글자다. 이 글자는 중국이나 일본에 무의(巫毉. 기도의 힘으로 병을 고치는 무녀)라는 말이 있었던 것에서도 알 수 있듯이 원래 무당이 맡아보았던 일이었음을 나타낸 글자다.

묵은 술 추(酋)자는 나눌 팔(八)자와 술동이 유(酉)자가 결합한 모습으로,
잘 익은 술(酉)을 나눠주는(八) 역할을 하는 사람 즉, 추장(酋長)을 나타낸다.
그리고 높을 존(尊)자의 갑골문(𢍜, 𢍜)은 술동이를 양손으로 높이 쳐드는
모양으로, 양손에 술을 들고서 바친다는 의미다.

복(畐. 𤰶)

복 복(畐. 畐)자 역시 술이 가득 들어찬 술병을 뚜껑으로 막은 모습이다.
그렇다면 술과 복은 어떤 관계가 있는 것일까? 집안(宀)에 술동이가 가득
차 있으면(畐) 부자(富)일까? 그렇다면 '복(福)'자는 집안에 술을 가득 채워달
라고(富. 畐. 畐) 신께 기도드리는 것(示)일까? 이 문제를 해결하기 위해서는
한자의 형태 분석만으로 불가능해 보인다. 이럴 경우 발음에서 해결의 실
마리를 찾아야만 한다.

한중 양국은 한자의 초기 발음을 연구하기 위해 많은 노력을 기울여왔
고, 그 결과 적지 않은 연구 성과를 이뤄냈다.[9] 여기에서 말하는 초기 발음
이란 약 3,000년 전의 발음을 말한다. 이들이 취한 연구 방법은 '복성모(複
聲母)'를 찾아내서 그것을 해결하는 것인데, 조금 어려운 부분이라 이에 대
한 설명은 잠시 뒤로 미뤄두고[10] 여기에서는 복(畐)자의 초기 발음에 대해

---

9 이들의 연구 성과는 '동방어언학(東方語言學)' 인터넷 사이트에서 볼 수 있으니 관심 있는
  독자들은 이것을 참고하면 될 것이다. 앞으로 초기 발음은 여기에 있는 학자들의 연구를
  따를 것이다.
10 본서 제4장 5. 다양한 제주사투리 1) 해(解)자 설명부분 참조.

서만 살펴보자.

'동방어언학' 인터넷 사이트에 따르면, 복(畐)자의 초기 발음을 연구한 학자들이 여럿 있는데 그 가운데 정장상방(鄭張尚芳)은 복(畐)자의 초기 발음은 [phrɯg]라고 했다.[11] 이것을 발음하면 [뿔], [풀], [뿌러]다. 이 발음은 [부풀다], [불(뿔)어나다]를 나타낸다. 즉, 이 발음은 부풀다, 불리다, 불다, 불이나다, 볼록(불룩)하다 등과 밀접하게 관련되어 있다. 부글부글 괴면서 거품이 일어나는 것, 원래의 것보다 더 많아지는 것을 고대 사람들은 [뿔(어나다)]라고 말했다.

게다가 중국에서 발굴되는 토기들과 술동이 모습은 일반적으로 '배가 볼록한 모습'이다. 이것은 무엇을 상징할까? 이는 풍만한 여성의 배를 상징한다. 석기 시대의 여성에 대해 뒤에서 자세히 소개하겠지만, 이러한 상징은 자손 번성을 의미한다.

---

11 본서의 서술 편의상, 향후 설명이 필요하다고 보일 경우를 제외하고는 학자들의 이름은 생략하고자 한다.

풍만한 뷜렌도르프 여신상

2018년 11월, 중국에서 발견된 약 2,500여 년 전
청동기 술동이로 여기에는 약 3.5리터 정도 술이
담겨져 있었음. 술맛은 지금과 거의 비슷했음.

이제 우리의 시각을 한자를 만든 민족이 살았던 중국의 하남성(河南省)
안양시(安陽市)로 돌려보자.

3,600년 전, 지배계급이었던 노예주들의 생활은 지금 우리들이 상상하
는 것보다 훨씬 더 사치스러웠다. 당시 그곳의 기후는 지금과는 달라서
(아)열대성 기후였기 때문에 그들 주위에는 과일 등 먹을거리가 늘 충분했
다. 그래서 볍씨 등 씨앗을 제외한 나머지 음식물들을 토기 등에 저장해
둘 필요가 없었다.

중국 하남성

하지만 그로부터 약 300여 년이 흐른 3,300여 년 전, 날씨가 점점 추워지기 시작했고 기후가 바뀌면서 많은 생활 습관이 달라졌다. 그들은 이제 음식물을 저장해 둘 필요를 느꼈다. 먹기 위해 남겨둔 과일 통에서 부글부글 괴면서 발효가 일어났다. 술과 식초가 만들어지는 순간이었다. 식초는 조금밖에 마실 수 없었으나 술은 달랐다. 그것을 조금씩 마시다보니 어느새 새로운 신세계를 경험하게 되었고, 이 경험은 뿌리치기 힘든 유혹으로 남았다. 이러한 경험을 계속하기 위해 마침내 술의 비밀을 알아내고는 백성들이 피땀 흘려 수확한 많은 곡물들을 술 만드는 재료로 사용하면서 재정을 파탄지경으로 몰고 갔다.

술(酒)이 언제부터 만들어졌는지는 확실치 않지만 초기에는 과일이 풍부했던 곳에서 만들어졌음이 분명하다. 술 주(酒)자의 초기 발음은 무엇일까? 놀랍게도 [?slu?. 술]이다. 지금은 '주'로 발음하고 있지만, 3,000년 전에는 '술'로 발음했었다. 동서양 언어의 뿌리라고 일컬어지는 산스크리트어로 술을 뭐라고 했을까? [sur. 술]이라고 했다.[12] 산스크리트어의 발음(술), 현대 우리말의 발음(술), 약 3,000년 전의 한자 발음(술)이 동일하다는 것은 무엇을 암시할까? 이 부분에 대한 설명은 잠시 뒤로 미루고[13] 다시 처음으로 돌아가서 '복(福)'자에 나타난 의미를 정리해보자.

복(福)

복(福)자에 나타난 글자의 형태와 발음을 통해서 볼 때, 복은 불어나게(畐) 해달라고 신께 제사를(示) 지내는 행위다. 재물을 불려 달라고, 자식을 많이 낳게 해 달라고, 배 불리 먹을 수 있게 해 달라고. 하지만 앞에서 잠깐 언급했듯이, 신께 제사를 지내는 목적은 이미 가지고 있는 것에 대한 감사함 그 이상도 이하도 아니다. 감사의 기도를 통해 마음의 안위를 얻는 것, 마음이 충만해짐이 곧 제사의 목적이다. 그렇다면 복을 달라고, 지금보다 더 많은 것을 달라고 제사를 지낸다면 신께서 그 제사를 받아들일까? 그러므로 우리들은 '복'의 진정한 의미에 대해 다시 생각해 볼 필요가 있다.

---

12 이 부분에 대해서 본서 2장에 자세히 설명되어 있으니 참고하면 될 것이다.
13 본서 2장~5장 전반에 걸쳐 다양한 예를 들어 설명되어 있으니 참고하면 될 것이다.

그렇다면 언제 복이 올까? 우리는 '복'이란 말을 가장 많이 사용하는 때를 생각해보면 쉽게 이해할 수 있을 것이다. 설날. 우리는 웃어른들께 진심을 다해 감사하는 마음으로 "새해 복 많이 받으세요."라고 하면서 큰 절을 올린다. 그러면 어른들께서는 지갑에서 세뱃돈을 꺼내 큰 절을 올린 사람들에게 차례로 나눠주신다. 즉, 복을 받기 위해서는 먼저 복을 베풀어야한다. 이러한 내용에 입각해서 다시 복(福)자를 풀어보자. 이는 신(示)께 술(畐)을 바치는 행위다. 당시 술은 일반인들이 마실 수 없는 가장 고귀한 음식이었다. 신께 술을 바치면서 '신의 도움으로 이처럼 진귀한 음식을 얻게 되었으니, 이에 대한 감사의 표시로 바칩니다.'라고 생각한다면, 신께서도 그 마음에 감동되어 다시 더 좋은 음식으로 보답할 것이다. 즉, 복(福)자는 감사하는 마음으로 진귀한 것을 먼저 베풀면 나중에는 배가 되어 돌아온다는 것을 우리들에게 암시하는 글자다.

행복(幸福)

결국 행(幸)도 감사함이요, 복(福)도 감사함이다. 행복의 근원은 내가 이미 가지고 있는 것에 대한 감사함에 있다. 이런 결론에 도달하고 나니 마음이 매우 평온해졌다. 주위 모든 것들이 새롭게 보였고, 마음은 순간 기쁨으로 충만했으며, 온 세상이 환히 빛났다.

3) 바른 선택 __ 운(運), 정(正)

이제 행운(幸運)에 대해서도 알아보자. 앞에서 행(幸)자는 '바로 지금 이 순간 살아있음에 감사함, 살아 있을 수 있도록 도움을 받은 것에 대한 감사함'이란 의미임을 살펴봤기 때문에 여기에서는 '운(運)'자의 의미에 대해서 좀 더 깊이 분석해보자.

운(運. 辢)

운(運)자는 '돌다'는 의미다. 운(運)자를 분석하면 군대(軍)가 이동하는 것(辶)을 나타낸다. 전쟁에서 군대가 움직이는 것은 승패를 가르는 매우 중요한 일이다. 군대가 이쪽 방향으로 움직일지 저쪽 방향으로 움직일지 아니면 그냥 기다려야 할지를 선택하는 것, 이를 통해 전쟁의 승패가 결정된다. 전쟁은 승자가 정해진 것도 아니고 패자가 정해진 것도 아니다. 어떤 선택을 하느냐에 따라 승자가 패자가 될 수도 있고 이와 반대일 수도 있다. 비록 승자가 될 지라도 언제라도 패자의 원한을 받을 수 있게 되기 때문에 마음이 졸이게 되고, 비록 패자가 되어 목숨이 위태로울 수도 있지만 힘겨운 노력을 통해 언젠가는 재기하여 다시 승자에게 도전할 수도 있다. 결국 영원한 승자도 영원한 패자도 존재하지 않고 승패는 늘 돌고 도는 것이 바로 운(運)자에 담긴 의미다.

정(正. )

전쟁의 승패는 돌고 돌지만, 전쟁 속 영웅들의 이야기는 늘 우리들의
가슴을 설레게 한다. 전쟁 속 영웅들, 혹은 옛 성현들이 선택의 기로에 처
했을 때 그들은 도대체 어떤 선택을 했을까? 그리고 앞으로 살아가기 위해
우리들은 어떤 신택을 해야 할까? 성현들은 우리들에게 올바른 선택을 해
야 함을 강조한다. 올바름이란 무엇일까? 이 물음에 대한 대답은 바를 정
(正)자에 숨어 있다.

바를 정(正)

정(正)자는 'ㅁ' 혹은 '●'과 발(止)이 결합한 모습이다. 대부분의 학자
들은 '●'을 무시한 채 '止'만을 연구해왔다. '止'을 연구한 학자들의 견해에
따르면 'ㅁ'는 성곽이다. 나라 국(國)자에 있는 'ㅁ'와 '口'은 모두 성곽을 나
타내고, 지역 역(域)자에 있는 'ㅁ' 역시 성곽을 나타낸다. 정(正)자에 들어
있는 'ㅁ'는 피정복(被征服)되는 나라(성곽)를 나타내고, 발(止)은 그곳을 정벌
하기 위해 전진하는 병졸을 나타낸 것으로 풀이한다. 즉, 피정복자의 잘못
을 응징하기 위해 군사를 대동해서 정벌했는데, 피정복자의 잘못에 대한
정복자의 응징이 '바른 행동'이라는 것이다. 그렇다면 '잘못'에 대한 판단은

누가하는 것일까? 만일 잘못하지 않았는데도 정복당했다면 이것 역시 정복자의 올바른 행위라고 할 수 있을까? 그러므로 이러한 해석은 수정이 필요하다고 생각된다.

어떻게 수정해야 할까? 여기에서 중요한 것은 '●'이다. '𝕃'을 연구한 학자들의 견해에 따르면, 갑골문과 청동기에 새겨진 금문(金文)에서 '●'은 태양을 가리킨다. 즉, 정(正)자는 태양(밝은 곳, 빛, 희망)을 향해 앞으로 나아가는 것(止)으로 해석할 수 있다. 그러므로 올바른 길이란 잘못을 응징하기 위해 전쟁을 치르는 것이 아니라 빛, 환희, 희망을 향해 걸어가는 길이다. 이 길을 우리의 선택 기준으로 삼는다면 우리의 선택은 후회가 없을 것이다. 그래야만 비록 실패를 했을 지라도 이것은 영원한 실패가 아니라 일시적인 좌절로 여길 수 있는 담대함이 생겨나고, 태양과 희망으로부터 다시 일어설 수 있는 힘을 얻을 수 있을 것이다. 올바른 선택과 노력만이 올바른 결과를 가져다줄 수 있을 것이고 그 결과는 영원할 것이다.

행운(幸運)

지금까지 행(幸)자와 운(運)자를 분석한 결과를 바탕으로 행운을 정의해 보자. '행(幸)'자는 바로 이 순간 살아 있음에 감사함, 지금까지 살면서 받은 도움에 대한 감사함이고, '운(運)'자는 희망을 향한 올바른 선택을 나타낸다. 그러므로 행운이란, 바로 이 순간 내가 올바르게 선택해서 노력한 결과, 원했던 미래가 내 눈앞에 펼쳐진 것을 말한다. 올바른 선택과 노력이 없으면 그 어떤 행운도 찾아오지 않음을 명심하자. 올바른 선택과 그에 따른 노력이 없는 행운은 영원하지도 않을 뿐만 아니라 금새 사라질 수도 있다는 점을 가슴 깊이 새기자.

태양, 빛, 희망을 향해 나아가는 선택과 노력이 올바름이다.

2. 창힐과 만남

아내와 이런 저런 얘기를 하면서 살아 있음에 감사하고 올바른 선택에 감사하고 감사함으로 마음이 충만해짐을 느꼈던 그날 밤, 늘 그래왔던 것처럼 꿈에 다시 한자의 숲속으로 들어갔다. 그곳은 한자를 생각하고 말했던 날이면 어김없이 찾아오는 한자의 세계였다. 하지만 이번은 이상하게도 그러한 꿈이 며칠 동안 계속 되었다. 실로 놀라운 꿈이었다. 꿈에서 대화를 나눴던 내용들을 다시 찾아 공부하면서 꿈속의 내용이 거짓이 아님을 알고 놀라움을 금치 못했다. 이제 꿈 얘기로 들어가 보자.

1) 조화와 창조 __ 창(倉), 길(吉)

꿈속

꿈속에 하얀 옷을 말끔하게 차려 입으신 할아버지께서 나타나셨다. 거의 일주일 동안 계속해서 그분이 나타나셨다. 한국어로 말씀하시는 것 같기도 하면서도 아닌 듯하고 그렇다고 중국어나 일본어도 아닌 말로 계속해서 말씀하셨다. 그분은 내가 알아듣지 못했음을 눈치 챘는지 글로 쓰기 시작하셨다. 그분이 쓰신 글은 갑골문. 나는 꿈속에서 숨이 머질 것만 같은 놀라움을 경험했다. 이 얼마나 놀라운 일인가! 지금으로부터 약 3,300년 전에 사용되었던 갑골문을 자유자재로 쓰시다니! 다음은 그분께서 나에게 처음으로 그려 준 두 개의 그림이다.

곳집 창(倉)	길할 길(吉)

곳집 창(倉)자는 벼를 쌓은 후 그 위에 지붕을 덮은 형태이고, 길할 길(吉)자는 남(血, ♠, ↑)과 여(▽, ⊔)의 성적 결합의 기쁨을 묘사한 형태다.[14] 어째서 이 두 개의 그림을 그리셨을까? 문득 한자를 만들었다고 전해지는 한자 창조의 신(神), 창힐(倉頡)이란 이름을 그린 것이 아닐까라는 생각이 들었다.

문자의 신, 창힐

창힐이 만든 28개 글자

'혹시 창힐이 아닐까? 창힐이라면 눈이 네 개 달려 있을 텐데.' 떨리는 마음으로 그분을 바라봤지만, 워낙 진지하게 그림을 그리셨기 때문에 얼굴을 정면으로 쳐다볼 수가 없었다. 그림을 그리면서도 계속 뭐라고 말씀을 하셨는데 알아들을 수 있을 것 같으면서도 알아들을 수 없는 이상한 말이었다. 나는 20여 년 동안 그림 모양의 갑골문을 봐 왔었기 때문에 갑

---

14 앞으로 한자 분석은 졸저 『에로스와 한자』의 내용임을 밝혀둔다. 우리 인류는 길(吉)을 통해 기쁨을 느꼈고, 그 결과 새로운 생명을 탄생시켜왔다.

골문 형태보다는 그분의 말씀에 주의를 집중했다. 하지만 정신을 집중하는 순간 잠에서 깼다.

현실

한자를 공부하다가 여러 문제에 직면했을 때면 언제나 창힐을 만나고 싶다는 생각을 했었다. 그리고 '내가 창힐이라면 어떻게 했을까'라는 생각을 수없이 반복했다. 나의 간절한 소망을 하늘이 알았던 것일까? 정말로 내가 그토록 꿈에 그리던 창힐을 만났던 것일까? 순간 온 몸에 소름이 끼쳤다. 다시 그분을 만나기 위해 잠을 청했지만 여러 가지 잡념들이 떠올라 잠을 이룰 수가 없었다. 나는 그분께서 남긴 두 개의 그림(🐾, ⛄)에 다시 집중했다.

여러 농기구와 농사일에 사용되는 온갖 도구들을 모아둔 곳, 추수한 곡식을 저장하는 곳, 곳간. '어째서 처음으로 그린 그림이 이것이었을까? 혹시 곳간과 관련된 일을 했던 것이 아닐까? 곳간에서 도대체 어떤 일을 했던 것일까?' 등등 이런 저런 생각으로 반나절을 보냈다. 그래도 다른 어떤 실마리도 찾을 수가 없었다. 하루 종일 창힐, 두 글자만 생각했다. 그날 밤, 꿈속에서 다시 그분을 뵙게 되었다.

꿈속

농부들은 틈틈이 메뚜기를 잡아 불에 구워먹기도 하고(秋)[15] 노래도 부르면서 일을 했다(歌).[16] 그들은 손에 돌칼을 쥐고서 벼를 베었고(利)[17] 후에 그것들을 등에 지고(年)[18] 곳간으로 날랐다. 곳간 앞에는 그것들을 셈하는 사람이 서 있었는데, 어젯밤 꿈에서 보았던 바로 그분이셨다. 그분은 곳간을 관리하는 관리자였던 것이다. 목동들은 가축들을 몰고 와서 이제 막 추수를 끝낸 밭에 풀어놓았다. 다음 날 아침 그분이 나와서 가축의 수를 세고 있었다. 그리고는 한국어 비슷한 말로 목동에게 무언가를 지시했다. 그러자 지시를 받은 사람은 암컷(牝)[19]의 뒷모습을 자세히 관찰한 후 건강한 수컷(牡)[20]을 몰고 와서는 서로 짝짓기를 시켰다(吉).[21] 그분은 그 모습을 자세히 본 후에 암컷이 임신했다고 확신하고는 집으로 들어가 측간으로 향했다. 그러자 개와 돼지가 그의 뒤를 따랐다.

돼지의 모습은 지금의 모습과는 사뭇 달랐다. 머리와 몸통의 비율이 약 5:5 정도 되는 듯했다. 아직까지 멧돼지 형상을 유지했지만 멧돼지보다는 머리가 조금 작았고, 지금의 돼지보다는 몸통이 작은 모습이었다. 이러한

---

15 가을 추(秋)자의 갑골문 형태는 메뚜기를 불에 태우는 모습이다.
16 노래 가(歌)자는 농기구를 들고(可) 일하면서 입을 크게 벌리고(欠) 노래를 부르는 모습이다.
17 날카로울 리(利)자는 벼(禾)를 칼(刀. 刂)로 자르는 형태다.
18 해 년(年)자의 갑골문 형태는 사람(亻)이 벼(禾)를 짊어진 모습이다.
19 암컷 빈(牝)자에서 '匕'는 암컷생식기를 나타내는 부호다.
20 수컷 모(牡)자에서 '士'는 수컷생식기를 나타내는 부호다.
21 기뻐할 길(吉)자는 남성 상징(士)과 여성 상징(口)이 서로 결합한 형태로, 생명의 창조를 나타낸다.

비율은 신석기 시대의 돼지 유골에서 볼 수 있는 그런 비율이었다.

그분은 측간에서 나온 후 편편하게 잘 다듬어진 나뭇조각을 집어 들고
는 거기에 뭔가를 썼다. 쓰는 동작 같았지만 자세히 보니 뾰족한 돌로 그
곳을 긁어내고 있었던 것이다. 그런 다음 그것을 가지고 마을 중심부에
자리 잡은 커다란 집 안으로 들어갔다. 나는 그분을 쫓아 들어감과 동시에
꿈에서 깼다. 너무도 선명한 꿈이었다.

현실

잡식성 이리와 멧돼지. 이 동물들은 인류 초기부터 인간을 따라다녔다.
인간을 해치기 위해서가 아니라 그보다는 오히려 인간의 배설물이 그리웠
던 것이다. 배설물로부터의 영양 공급은 결국 동물의 가축화로 이어졌다.
초기에 배설물을 먹던 이리와 멧돼지 가운데 유순한 놈 혹은 새끼를 잡아
다가 곁에 두고는 언제나 배설물을 공급해 주었다. 그러자 인간 곁을 떠날
생각을 하지 못했고, 마침내 인간 곁을 청소함과 동시에 인간을 보호하기
에 이르렀다. 이렇게 몇 세대를 거듭하자 어느새 이리는 개가 되었고 멧돼
지는 돼지가 되었다. 이로부터 인간의 동물 사육 개념이 발전하게 되었다.
다른 동물의 새끼들을 잡아다가 우리에 가둬놓고 기르기 시작했고 인구가
늘어남에 따라 더욱 좋은 품종을 선택해서 기르는 기술 또한 발전하게 되
었다. 인간과 동물이 가까워지자 동물의 병균이 인간에게 침투하게 되어
전염병이 생기기 시작했다. 이로 인해 인구가 줄자 가축들도 줄어들게 되
었다. 결국 인간과 동물이 서로 공생하기 위해서는 적정한 상태를 유지할

수밖에 없었다.

곳간. 생산량과 소비량을 한 눈에 볼 수 있는 곳, 그래서 생산과 소비의 균형을 맞추는 곳, 자연과 인간이 적정한 상태인지 여부를 확인할 수 있는 곳, 그래서 불균형을 균형으로 유지시키는 곳, 이곳을 관리하는 일은 신적 능력의 소유자만이 담당할 수 있었다. 곳간을 관리했던 창힐, 그분은 이처럼 중요한 일을 하셨던 것이다.

하루 종일 농업과 사육 그리고 공생과 균형에 대해 생각하면서 지냈다.[22] 오늘도 꿈속에 그분께서 나오실까? 그분이 들어간 커다란 집안에서는 도대체 어떤 일들이 벌어질까? 누구를 만났을까? 이런 저런 생각을 하면서 몸을 뒤척이다 어느새 잠이 들었다.

쌀가마니가 쌓인 곳간

제주의 통시와 흑돼지

---

22 재러드 다이아몬드 저, 김진준 역, 『총, 균, 쇠』, 문학사상사, 2005. 이 책을 참고하면 사육의 탄생에 대한 이해에 많은 도움이 될 것이다.

2) 손에 무언가를 들다 __ 사(史), 엽(聿), 율(聿), 화(畵)

꿈속

그분을 따라 집 안으로 들어갔다. 그곳에는 많은 사람들이 손에 뾰족한 무엇인가를 들고 죽간처럼 잘 다듬어진 나무 위에 뭔가를 새기고 있었다. 그리고 서로 어떤 말을 주고받는 것 같더니 그분에게 하나의 그림을 보여 주었다.

역사를 기록할 사(史)

그분은 그림을 보시고는 한참동안 생각에 잠기더니 머리를 끄덕이셨다. 그러자 집안에 있던 사람들 역시 고개를 끄덕이며 서로 미소를 주고받았다. 조금 후에 그는 자신의 손을 가리키면서 글을 쓰는 모양을 보여 주었다. 그러자 그들은 다시 서로 무슨 말을 주고받더니 나무판 위에 뭔가를 새겼다. 그런 다음에 다시 그분에게 그림들을 가지고 갔다.

붓 엽(聿)	붓 율(聿)	그림 화(畵)

그분은 매우 흡족한 듯, 둘둘 말린 죽간을 가져오라고 하면서 "책"이라고 말씀하셨다. 그리고는 책을 펼쳐 거기에 새기고는 밖으로 나갔다.

다시 마을 밖, 농사를 짓는 농부들과 사육을 하는 사람들을 바라보면서 곳간으로 걸어갔다. 그곳에서 다른 사람에게 일을 시키고는 다시 마을 중앙에 있는 커다란 집 속으로 사라졌다. 그분을 찾아 헤매면서 나는 잠에서 깨어났다.

현실

꿈속의 내용은 마치 글자를 만들어가는 과정을 보여주는 듯했다. 그분이 하시는 일들을 보니 창힐임에 틀림없었다. 글자는 어째서 만들어졌을까? 이 문제에 대해 대다수 학자들은 경제적인 필요에 의해 만들어졌다고 한다. 경제적인 필요라 함은 바로 농작물을 보관하는 곳간에서부터 시작되었음을 의미한다. 어느 집단이 얼마나 생산했는지, 올해 생산량은 얼마나 되었는지, 이것을 어디에 어떻게 사용할지 등을 기록하기 위해서.

그래서 숫자들을 나타내기 위한 간단한 부호들이 쓰이기 시작했다. 신석기 시대의 토기에는 숫자들도 있고 상징적인 부호들도 새겨져 있다. 상징적 부호들은 토기의 소유자(주인)를 나타낸다. 그런 부호들은 청동기 시대 초기에 만들어진 청동기에도 새겨져 있다. 그래서 청동기에 하나의 부호가 새겨진 경우, 이는 청동기 소유자를 나타내는 부호라고 보는 것이 학계의 입장이다.

신석기 토기 부호   초기 청동기 부호

당시 청동기를 소유할 수 있는 사람은 집단의 우두머리였다. 그러므로 청동기에 새겨진 하나의 상징적 부호는 그를 나타내는 부호이자, 이와 동시에 집단을 나타내는 부호였다.

하나의 집단은 다른 집단과 결합되면서 그들의 상징 또한 결합되었다. 당시 대부분의 집단에는 토템 신앙이 있었다. 토템이란 동물숭배를 말한다. 토템으로 숭배된 동물들은 그들의 수호신 역할을 했고 그것을 그림으로 나타낸 것이 그들의 상징이 되었다. 만일 두 개의 집단이 수평적으로 결합했을 경우에는 토템도 결합되었고, 토템을 나타냈던 상징도 결합되었다. 예를 들면, 양을 숭배하는 유목 민족과 큰 강(혹은 바다)을 중심으로 생활하면서 물고기를 숭배하는 민족이 결합했을 경우 어떤 상징적인 그림이 나올까? 그것은 양(羊)과 물고기(魚)가 결합한 그림으로 나온다. 이 그림을 글자로 만들면 바로 선(鮮)자가 된다.

우리나라를 조선(朝鮮)이라 했는데, 대부분의 학자들은 조(朝)에 대해서만 해석했을 뿐 선(鮮)에 대해서는 해석조차 하지 않았다. 어째서 '선(鮮)'에 대해 해석하지 않았을까? 국가 혹은 지명에서 처음 글자도 중요하지만 이 못지않게 뒤에 글자도 중요한데도 말이다. 예를 들면, 신라(新羅)라는 지명에서 실제 '라(羅)'가 매우 중요하다. 이에 대해 관심이 있다면 '통일뉴스'에 실린 '서현우와 함께하는 바다의 한국사'를 읽어보길 권한다. 여하튼 이런 부분에 대해서 우리들은 늘 관심을 가져야만 한다.

한자는 혼자서 만든 것이 아니다. 꿈속에서 본 것처럼 하나의 개념에 대해 여러 사람들이 그림을 그린 후 토론을 거쳐 가장 타당한 그림을 골랐고 그것을 체계화해서 만들었다. 이것을 체계화한 사람이 바로 창힐이다.[23]

---

23 순자(荀子)의 『해폐(解蔽)』; 여씨춘추(呂氏春秋)의 『군수(郡守)』; 허신(許愼)의 『설문해자(說文解字)』; 한비자(韓非子)의 『오두(五蠹)』 등에 창힐이 문자를 만들었다고 나온다.

꿈에서 본 기록할 사(史)자는 손에 무엇인가를 들고 있는 모습이다. 손에 들고 있는 것이 무엇이냐에 따라 많은 글자들이 만들어졌다. 수많은 학자들이 손에 들고 있는 것이 무엇인지에 대해서 연구했지만 그것을 특정 지을 수는 없었다. 예를 들면, 기록할 사(史), 일 사(事), 다스릴 윤(尹)자 등이 그것이다. 그래서 혹자는 이 세 개의 한자를 같은 글자라 주장하기도 한다. 임금 군(君)자는 손에 무엇인가를 들고(尹) 큰 소리로 명령하는(口) 사람을 나타낸다. 여하튼 이들 글자에 공통적으로 들어있는 부분은 '⺕'이다. 이것은 잡을 병(秉)자, 비 혜(彗)자, 비 추(帚)자, 쓸 소(掃)자 등에도 들어 있다. 모두 '손으로 잡다'는 것을 나타낸다.

3) 쉼 _ 시(尸), 인(人), 뇨(尿), 시(屎)

하지만 모든 것을 그림으로 나타내는 것은 불가능하다. 객관적인 사물은 그림으로 나타낼 수 있지만 추상적인 개념은 그림으로 나타낼 수 없다. 객관적인 사물이라 할지라도 모든 것을 그림으로 나타내지는 않았다. 우리의 일상생활에서 꼭 필요한, 그리고 반복적으로 행해지는 그런 활동을 그림으로 나타냈다. 이와 관련해서 여기에서 하나만 예를 들어 보자. 여러분이 만일 한자를 만드는 집단의 일원이라면 앉아 있는 사람은 어떻게 그리겠는가?

갑골문	금문	소전	해서
			尸 (주검 시)
			人 (사람 인)

한자를 분석할 때, 사람 인(人)자의 변형을 알면 대단히 유용하다. 인(人)자의 변형으로는 인(儿), 인(亻), 포(勹), ┣(危자의 윗부분), 시(尸), 토(土)[24] 등이다. 위 그림은 주검 시(尸)자와 사람 인(人)자의 갑골문과 금문이다. 갑골문을 보면, 인(人)자는 사람이 서 있는 옆모습을 그렸고, 시(尸)자 역시 사람의 옆모습을 그렸다. 하지만 '尸'가 '人'과 다른 점은 '무릎을 구부려 앉아 있음' 혹은 '엉덩이 부분을 강조한 모습'이다. 사람이 앉아서 하는 일상적이고도 반복적인 행위는 무엇일까? 앉아서 대소변 등 생리적인 현상을 해결하거나 혹은 앉아서 쉬는 행위일 것이다. 다음의 한자들을 보면 이와 같은 사실을 확인할 수 있다.

• 오줌 뇨(尿) : 앉아 있는 모습 시(尸) + 물 수(水). 비뇨기과(泌尿器科), 당뇨병(糖尿病), 야뇨증(夜尿症), 방뇨(放尿)하다 등의 단어에 사용되는 뇨(尿)

---

24 갈 거(去)자의 갑골문 형태는 사람(土)이 입구 밖(凵)으로 나가는 모습이다. 이 글자는 법 법(法)자에서도 볼 수 있다.

자는 사람이 앉아서 배설하는 물이란 뜻이다.

● 똥 시(屎): 앉아 있는 모습 시(尸) + 쌀 미(米). 앉아서(尸) 쌀(米)과 같은 찌꺼기가 나오는 것을 나타낸 한자다.

갑골문 뇨(尿)자	갑골문 시(屎)자

주검 시(尸)자는 '눕다, 죽다'는 의미도 있다. 어째서 '웅크려 앉아 있는 사람의 모습'으로 '죽음'을 표현했을까? 혹자는 독무덤(옹관묘)에서 발굴되는 시체의 모습이 바로 웅크려 앉은 모습이기 때문에 시체를 그린 것이라고 주장하기도 한다. 일견 타당한 주장이라 생각된다. 이를 통해 독무덤 풍습을 지닌 민족이 글자를 만들었을 가능성을 엿볼 수 있다.[25]

---

25 본서 6장, 상민족의 선조와 후예들 설명 참고.

마한의 독무덤

죽음은 쉼이다. 죽은 사람이 쉬는 곳은 무덤이고, 산 사람이 앉아서 쉬는 곳은 집이다. 그래서 시(尸)자에는 '집'이란 의미도 들어 있다. 예를 들면, 집 옥(屋)자, (집에)비가 샐 루(屚)자 등에 들어 있는 '시(尸)'자는 '집'을 나타낸다.

다시 한 번 강조하지만, 글자는 모든 것을 나타낸 것이 아니라 일상생활 중 반복적인 활동, 중요한 활동, 일상생활에 반드시 필요한 것, 인간의 삶에 중요한 영향을 미치는 것 등만을 그림으로 나타냈다. 세월이 흐르면서 삶도 복잡해졌고 생각도 많아졌으며 새로운 물건들이 등장함에 따라 필요에 따라서 더 많은 글자들을 만들어내기도 했고, 글자들을 결합시키기도 했으며 또한 글자들을 빌려다가 쓰기도 했다.

4) 최초의 책 __ 책(冊)

이런 저런 생각을 하면서 하루 종일 한자의 숲을 거닐었다. 마지막으로 그분께서 하신 말씀이 생각났다. 책!! 나는 또렷하게 들었다. 오늘날의 책은 아니었지만 그분은 죽간 두루마리를 책이라고 했다.

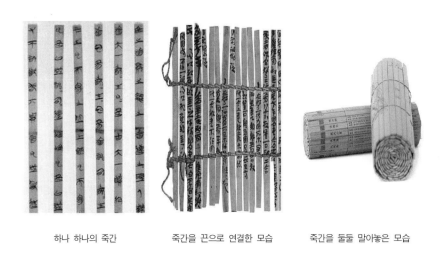

하나 하나의 죽간   죽간을 끈으로 연결한 모습   죽간을 둘둘 말아놓은 모습

죽간을 끈으로 연결한 모습을 나타낸 한자가 책 책(冊)자다. 그리고 초기 발음도 [ts'e˘k. 책]이다. 이러한 모습은 갑골문에서도 확인된다.

책 책(册)

어째서 이것을 '책'이라 했을까? 이는 둘둘 말린 죽간을 펼칠 때 "착, 착" 소리가 나고, 둘둘 말린 죽간을 겹쳐 놓을 때도 "차륵, 차륵" 소리가 난다. 그러므로 '책'이란 소리는 여기에서 연유되었을 가능성이 매우 농후하다. 3,300년 전에 '책'이란 글자가 있는 것으로 보아 당시에 기록해야했던 일들이 매우 많았음을 짐작할 수 있다.

어째서 현대 한국어와 창힐이 살았던 당시의 발음이 같을까? 이젠 꿈속에서 창힐을 꼭 만나고 싶었다. 그분을 만나면 물어보고 싶은 것들을 하나하나 적어 내려갔다. 그리고 기다렸다. 무작정 기다렸다. 미칠 것만 같았다. 하지만 며칠을 기다려도 그분께서는 나타나지 않으셨다.

이것이 글자다

....

제2장

한자(漢字)인가 글자(契字)인가?

창힐을 꿈에서 뵙지 못한 지 며칠이 지났다. 그러는 동안 나는 3,000여
년 전의 초기 발음, 산스크리트어, 고대 한국어 간에 어떤 관계가 있을까
에 대해 끊임없이 생각했다. 이들 세 언어가 서로 친족관계인지 여부를
파악하기 위해서는 '기초어휘'를 중심으로 해야 한다. 이 방법은 비교언어
학자들이 사용하는 방법으로, 특정 어휘가 기초어휘인지를 확인할 때는
대부분 스와데시 리스트(Swadesh List)를 참고한다. 스와데시 리스트는 미국
의 언어학자 모리스 스와데시(Morris Swadesh 1909-1967)에 의해 고안된 것
으로 기초어휘 리스트이다. 인칭대명사는 물론 신체, 자연, 색체 등과 관련
있는 어휘들이 이에 포함된다. 여기에 속한 어휘들은 모든 언어의 가장
기본적인 어휘로서 외래어의 영향을 받아도 쉽게 변하지 않는 특징이 있
다. 따라서 스와데시 리스트는 언어연대학(glottochronology)과 언어통계학
(lexicostatistics)에서 자주 사용된다. 이와 관련된 정보는 위키피디아(Wiki-

pedia)에서 확인할 수 있다.

1. 언어 간 교류의 흔적 _ 발(癶), 족(足), 갑(甲), 주(酒), 활(滑)

┃ 족(足) → '쪽'으로 발음
┃ 갑(甲) → '크랍'으로 발음
┃ 주(酒) → '술'로 발음
┃ 활(滑) → '굴', '끄럽'으로 발음

발(癶, 癶)

이제 이와 관련하여 예를 들어보자. '발'은 신체언어로 기초어휘에 해당한다. 우리는 '발'이라고 하고, 이 발음과 유사한 산스크리트어로는 [barbh. 발. 밟]이 있는데 이 발음은 '밟다'는 뜻이다.[1] 인간은 양발로 땅바닥을 밟으면서 직립보행을 시작했다. 그러므로 발은 바닥을 밟고 걷고 달리는 신체 기관이다. 밟을 발(跋), 걸을 발(癶), 걸을 보(步) 등 세 한자는 발음이 비슷하다. 여하튼 우리말 '발'과 산스크리트어 '발' 그리고 한자 발(跋, 癶)은 서로 발음과 의미가 같거나 유사하다.

---

1 『동국정운 실담어 주석』, 413쪽.

족(足. 𧾷)

하지만 문제는 발 족(足)자다. 족(足)의 갑골문(𧾷)은 발모양을 그렸다. 그렇다면 어째서 '발'이라고 발음하지 않고 '족'으로 발음했을까? 족(足)자의 초기 발음이 [tsjoks. 쪽]이라는 점은 우리에게 많은 시사점을 안겨준다. 이 부분에 대해 간단하게 설명하면 다음과 같다.

먼 옛날, 고대 원시수렵인들은 다른 동물들이 먹다 남은 썩은 고기를 먹으면서 생활했다. 시간이 흘러 사냥 기술을 익혀 동물들을 사냥해서 신선한 고기를 먹기 시작했고, 나아가 불을 지배하면서 고기를 익혀 먹기 시작하면서 충분한 단백질을 공급받을 수 있었다. 건장한 남성 부족원들은 부족민들의 안녕을 책임지기 위해 사냥을 떠났고, 사냥감을 발견하기 위해 동물의 발자국 모양을 보고 사냥감의 흔적을 찾아냈다. 그리고 이쪽으로 가야할지, 저쪽으로 가야할지 방향을 정했다. '쪽'에서 발음을 따고, 그것을 그림으로 그린 모습이 바로 발 족(足)자다.

'쪽'과 '짝'은 모음변화에 불과할 뿐 의미는 같다. '짝'은 짜옥 → 자욱 → 자국 등으로 발음이 변했고, 그 의미는 흔적이다. 동물의 발자국 모양을 그린 글자는 발자국 유(内)자다. 그 발자국 모양을 보고 어떤 동물인지 분별해 낼 수 있어야 했는데, 이것을 나타낸 글자는 분별할 변(釆)자다. 발자국 모양을 분별한 다음 이것이 어떤 동물인지 알려줬는데, 이 글자가 놈 자(者)자다. 그리고 이쪽으로 가야할지, 저쪽으로 가야할지 발자국 모양을 보고 방향을 판단했다. 그런 다음 동물을 추적했는데, 이를 나타낸 글자가 쫓을 축(逐)자다.[2]

발(疋)자와 족(足)자의 설명을 통해, 고대 한국어와 산스크리트어, 갑골문의 형태와 발음은 서로 일정부분 연관되어 있음을 짐작할 수 있다. 그렇다면 고대 한국어를 사용했던 민족과 산스크리트어를 사용했던 민족 그리고 3,300년 전 갑골문을 사용했던 민족 사이에는 도대체 어떤 관련이 있을까? 산스크리트어와 팔리어를 모체로 하는 캄보디아어에도 우리말이 많이 보인다. 예를 들면, '꼬마', '냠냠 먹다', '뽀뽀', '얼른얼른', '빨리' 등이 그것이다. 이게 어찌된 일일까?

갑(甲. ⊞)

첫째 천간 갑(甲)자는 무엇을 나타낼까? 다음 그림을 보면 대략적인 의미를 파악할 수 있을 것이다.

 첫째 천간 갑(甲)	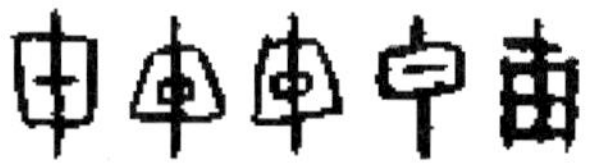 꿰뚫을 관(丱)
┼ ⊞ ⊕	中 中 中 中 由

---

2 졸저, 『그림문자로 이해하는 541개 한자부수』, 문현, 2015.

갑(甲)자와 관(卌)자는 겉으로 보기에는 비슷하지만 자세히 보면 다른 글자다. 관(卌)자는 위와 아래로 관통한 모습이지만, 이에 근거해 갑(甲)자를 보면 뚫리지 않았음을 나타낸다. 그래서 갑(甲)자는 '거북 등딱지', '껍데기' 등 딱딱한 것을 뜻하게 되었다. 갑(甲)자의 초기 발음은 [krab. 크랍]. 이 발음은 갑각류의 한 종인 '게'를 뜻하는 영어 발음 [crab. 크랩]과 유사하다. 즉, 동양에서는 'r' 발음이 생략되어 '캅', '갑'이 되었지만, 서양에서는 'r' 발음이 그대로 남아 있어 '크랩'이 된 것이다.

주(酒. 𨙻)

1장에서 술 주(酒)자의 초기 발음은 [ʔsluʔ. 술], 산스크리트어 역시 [sur. 술]이라고 이미 설명했다. 산스크리트어 발음은 강상원 박사께서 저술하신 『동국정운 실담어 주석』의 내용이다. 하지만 원래 산스크리트어로 술은 [sura. 슐]으로 발음했는데, 여기에서 'ㅋ' 발음이 생략이 되어 '술'이 된 것이다. 2,000여 년 전, '술'이란 발음은 중국에서 'ㄹ'발음이 생략되어 '수'가 되고 발음 규칙 상 '주'가 되어 오늘에 이르렀다. 오늘날 우리는 술 주(酒)라고 외우고 있는데, 실상 '술'과 '주'는 같은 발음이었다.

다시 산스크리트어로 돌아가 '슐' 발음에서 'ㄹ'이 생략되면 '숙'이 된다. 발음 규칙 상 이것은 현대의 '숙'과 관련된다. 숙(熟)은 '숙성시키다', '잘 익다' 등의 의미다. 이것은 또한 '삭'이란 발음과 연관되어 있으므로 '삭히다'와도 관련이 있다. 투르크어로는 술을 [sug. 삭]이라하고, 몽골어로는 [sogta. 삭타]라고 한다. 일본어에서 술을 뜻하는 '사케'는 '삭히다'와 관련 있는 말이다.

활(滑)

우리말을 찾다보면 그 속에는 많은 언어들이 보인다. 예를 들면, 미끄러울 활(滑)자 속에 숨겨진 남방과 북방의 언어를 살펴보자. 활(滑)자는 물(氵)과 골(骨)이 결합된 한자다.[3] 물이 있어야 미끄럽다. 그래서 수(氵)자가 결합된 것이다. 그렇다면 '미'는 무엇일까? 미나리, 미역, 미꾸라지, 미더덕 등에서 '미'는 '물'을 뜻한다. 그러므로 '미끄럽다'에서 '미' 역시 물을 뜻한다. '미'는 '민'으로도 발음이 가능하고 '맨'으로도 발음이 가능하다. 예를 들면, 미끌미끌, 매끌매끌, 민질민질, 맨질맨질 등이 그러하다. 민질민질, 맨질맨질 등의 단어는 발음변화 상 빈질빈질, 반질반질, 반들반들 등으로도 가능한데 이는 모두 표면에 물기가 있어 윤기가 난다는 의미다.

이제 활(滑)자에서 발음을 나타내는 '골(骨)'을 살펴보자. 발음 변화의 가장 큰 원칙은 kh(크) → ch(츠) → sh(쓰) → s(스)이고[4] kh(크) ↔ h(흐)는 서로 주고받는다. 이 원칙에 입각해서 '활'이란 발음을 변화시켜보면, '콰르 → 촤르 → 쏴르 → 사르'처럼 되고 또한 '콸 ↔ 활', '굴 ↔ 훌'이 된다.

---

3 활(滑)자에서 수(氵)는 뜻을 나타내고, 골(骨)을 발음을 나타낸다. 이런 형태를 '형성자(形聲字)'자 한다. 하지만 여기에서 '골'은 발음만을 나타내는 것이 아니라 의미도 나타내기 때문에 회의겸형성(會意兼形聲)으로 보는 것이 타당하다.
4 미꾸라지의 고대어는 '믜슉리'라 했는데, 여기에서 's(ㅅ)'이 살아 있음을 알게 된다.

이 모든 발음은 같은 발음으로 볼 수 있다. 촤르륵~, 싸르륵~, 촤르륵~, 미끄러져 굴러가는 소리가 '골(骨)'에 숨겨져 있다. 골(骨)의 초기 발음은 [kuud. 굴]이다. 동그란 물체가 잘 굴러가기 때문에 공 구(球)자의 발음이 여기에서 나왔다. 뿐만 아니라 둥글게 만들기 위해서는 구부려야 하기 때문에 구부러질 구(勾)자의 발음 역시 여기에서 나왔다.[5] 우리들은 데굴데굴, 구르다, 굽다, 구부리다 등의 단어에서 '구' 발음의 특징을 엿볼 수 있다. 몽골어 [골가흐]는 '미끄럼을 타다'는 뜻이고, [굴그르]는 '미끄러운', '매끈한'의 의미다. 여기에서 '골'과 '굴'은 한국어와 너무도 유사하다.

　발(ㄽ)자, 족(足)자, 갑(甲)자, 주(酒)자, 활(滑)자에 담긴 다양한 이야기를 통해, 우리말 속에는 남방의 언어와 중앙아시아 및 북방의 언어가 다양하게 혼재되어 있음을 확인할 수 있을 것이다. 이는 당시 민족 간 교류가 매우 활발했음을 반증한다.

2. 한국어 발음이 그대로 살아있는 글자
　＿ 력(力), 가(街), 로(路), 사(絲), 마(馬), 기(器), 도(刀)

| 력(力) → '끄러'로 발음
| 가(街) → '거리'로 발음
| 로(路) → '길'로 발음
| 사(絲) 〉 '실'로 발음
| 마(馬) → '말'로 발음
| 기(器) → '그릇'으로 발음
| 도(刀) → '칼'로 발음

---

5 구부러질 구(勾)자에서 포(勹)자는 사람이 허리를 숙이고 구부린 모습을 그렸다.

한국어와 다른 언어와의 유사성에 심취해 언어와 대화를 나누던 어느 날, 이런 저런 생각에 갑자기 피곤이 밀려와서 의자에 앉자마자 순간 잠이 들었다. 우리 한민족이 즐겨 입었던 하얀 저고리를 입은 사람이 눈에 띄었다. 그분께서 하시는 말씀을 자세히 들어보니, 처음에는 무슨 뜻인지 잘 몰랐지만 계속해서 들어보니 마치 고대한국어인 것처럼 들렸다. 나는 그분을 향해 천천히 걸어갔다. 아! 바로 창힐이셨다. 그날부터 거의 일주일 동안 계속해서 나에게 중요한 말씀을 전해 주셨는데, 그분께서 들려주신 고귀한 말씀을 독자들과 공유하고 싶어 여기에 적는다.

"글이야, 글!"

창힐께서는 가만히 나를 살피면서 진지한 태도로 말씀만을 이어 나가셨다.

초창기 우리는 많은 일을 기억할 수 없어서 각종 부호를 사용했다네. 특히 계산과 관련된 일은 시간이 지나면 서로의 기억이 틀릴 수밖에 없어서 부득이 부호를 이용했지. 날씨가 따뜻해지고 먹을 것들이 풍부해지자 인구가 늘어났고, 이에 질서가 필요해지자 실서 유지를 위해서 몇 가지 사항, 가령 함부로 사람을 죽여서는 안 된다, 다른 사람의 것을 훔쳐서는 안 된다 등과 같은 가장 기본적인 내용들이 필요했지. 당시만 해도 그 정도의 규범만으로도 사회 질서를 유지하기에 충분했거든. 신의(信義)만으로도 충분히 유지되는 그런 부족집단이었어.

시간이 흘러, 인구가 늘어나자 이에 비례해서 의심이 더욱 많아졌어. 부족의 지배자였던 부족장에 대한 의심 역시 날로 늘어났지. 이럴 때마다 부족장은 제의(祭儀)를 통해 부족민들을 통솔하고자 했어. 그는 신(神)의 뜻을 알아내기 위해 주변의 자연을 관찰했고, 하늘을 바라봤지. 그리고 차츰 자연과 하늘의 이치를 깨닫기 시작했어. 단순히 자연현상을 보고 이해하는 것과 이치를 깨닫는 것은 별개의 문제야. 예를 들면, 제비가 낮게 날면 비가 내릴 가능성이 있다는 것은 대부분 사람들이 알고 있는 사실이야. 여기까지가 자연현상을 이해하는 것이지. 하지만 더 나아가 '왜 그럴까?'하고 더 깊이 알아보는 것이 이치를 깨닫는 방법이야. 부족장은 자연의 이치를 깨달았어. 그것은 인간은 자연에 순응하면서 살아갈 수밖에 없다는 가장 단순한 사실이었지.

자연의 이치를 깨달은 부족장은 부족민들을 통솔하기 위해 제의를 더욱 성대하게 할 필요를 느꼈어. 제의를 통해 인간에게 내재된 두려움을 극대화하고 동시에 그 두려움에서 해방되는 환희를 느끼게 하면서 이 두 가지 무기를 적절하게 사용했지. 두려움만큼 쉽게 인간을 장악할 수 있는 무기가 없음을 이해했던 거지. 하지만 부족장 역시 두려움에서 벗어날 수 없었어. 두려움으로 말미암아 부족민들은 부족장에게 의지하게 되었고, 그로 인해 부족장 역시 신에 의지할 수밖에 없었거든.

신을 부르는 소리는 신이 들을 수 있는 소리라야만 가능했다네. 그 소리를 정확하게 글자의 형태로 그려내기 위해 우리들은 최선을 다했고, 그 결과 약 3,000여 글자를 만들게 되었지. 이 글자들을 정확히 읽을 수 있는 사람은 오직 왕과 일부 신하들뿐이었어. 다시 강조하지만 한 글자 한 글자를 만들 때 가장 중요하게 생각했던 것은 소리(발음)일세. 그 소리를 잃는 순간 신은 알아들을 수 없게 되고, 알아들을 수 없으니 대답을 못할 수밖에.

소리에 뜻이 포함되어 있다네. 소리에 담긴 뜻을 정확하게 그려 낸 것이 글자야. 처음에는 글자를 그렸다네. 하지만 그린 글자는 곧바로 지워져버렸어. 그 후로는 글자를 새기기 시작했지. 그래야만 오랫동안 간직할 수 있었거든. 그게 지워지면 신의 뜻이 사라진다고 믿었어. 그래서 글자를 소중하게 생각함과 동시에 글자가 새겨질 재료 역시 중요하게 생각했지. 아직까지도 글자를 소중하게 여기는 풍습이 여러 곳에 남아 있어. 그 가운데 하나가 바로 부적. 그래서 글자는 아무나 사용하면 안 되고 반드시 신과 관련된 사람들만 사용하도록 했다네.

력(力. ↵)

이 글자들을 읽을 때에는 최대한 처음의 소리(원음)에 가깝게 읽어야만 신과 소통할 수 있다네. 예를 들어, 지금은 힘 력(力)이란 글자를 누구나 쉽게 발음하고 있는데, 원래 발음은 [c-rjək], [[g]rɯg]이지. 이를 발음하면 [끄력], [(끄)력][6] 즉, 힘차게 '끄는' 것을 나타낸 발음이라네. 무엇을 끄는 것인지 아나? 당시 가장 힘든 일 가운데 하나는 농사였고, 농사를 지을 때 가장 필요한 것은 쟁기. 그래서 쟁기를 그려 힘들게 <u>끄는</u> 것을 묘사한 글자가 바로 힘 력(力)자고 초기 발음은 [끄러], [끄력]이라 했지. 어떤가? '력'은 '끄력'의 줄임말일 뿐, 다른 말이 아냐. 이 소리로 읽어야만 신과 소통할 수가 있다네.

---

6 '동방어언학' 내용 중 백일평은 [c-rjək]이라 했고, 반오운은 [[g]rɯg]이라 했다.

갑골문	금문	소전	해서
			力 (힘 력)

가(街. 衙)

또 다른 예를 들면, 거리 가(街)자를 왜 사람들은 '가'로 발음하는지 모르겠네. 원래 발음은 [kree]야. 이것을 어떻게 발음하는지 아나? 'kr'안에 모음 'ə'를 넣어 발음한다네. 그렇게 발음하면 [거리].[7] 알겠는가? 3,000여 년 훨씬 이전부터 우리들은 '街'를 [가]로 발음하지 않고 [거리]로 발음했었네. 처음에 우리들은 거리를 네거리(行)에 흙을 쌓아 다져서(圭) 만들었네. 그것을 다음과 같이 새겼지.

갑골문	금문	소전	해서
	없음	街	街 (거리 가)

---

7 두 개의 자음이 있는 경우를 우리는 복성모(複聲母)라 하는데, 학자들의 연구에 따르면 복성모인 경우 가운데 모음을 넣어 발음한다는 결론에 도달했다.

로(路), 사(絲), 마(馬), 기(器), 도(刀)

　길 로(路)자도 '로'로 발음하지만 초기 발음은 [k-lag]이라네. 이를 발음규칙에 따라 발음하면 [kil], [길]이야. 길!

　뿐만 아니라 실 사(絲), 말 마(馬), 그릇 기(器), 칼 도(刀) 등도 사, 마, 기, 도로 발음한 것이 아니라 당시에는 실, 말, 그릇, 칼로 발음 했다네.[8] 이 모두가 한국어에 살아있지 않은가?

　지금으로부터 약 3,000년 전까지만 해도 '力'을 [끄럭], '街'를 [거리], '路'를 [길], '絲'를 [실], '馬'를 [말], '器'를 [그릇], '刀'를 [칼]로 발음했는데 갑자기 서쪽에서 다른 부족이 쳐들어와서 글자들을 가로채 버렸다네.[9]

3. 한자란?

　여기까지 말씀하시고는 잠시 생각에 잠기셨다. 나는 설명을 들으면서 한 가지 의문에 사로잡혀 있었다. 창힐께서는 '한자'라는 단어를 사용하지 않고 늘 '글자'라고 하셨다. 이에 대해 질문을 할까 말까 망설이는데, 이를 알아 차리셨는지 궁금한 것이 있으면 질문하라고 하셨다.

---

8 실 사(絲)자의 초기 발음은 [sl. 실], 말 마(馬)자의 초기 발음은 [mraa?. 말], 그릇 기(器)자의 초기 발음은 [kʰruɪds. 끄릇], 칼 도(刀)자의 초기 발음은 [kal. 칼]. '칼'은 '가르다'에서 나왔다.
9 여기에서 언급한 초기 발음들은 모두 '동방어언학' 인터넷 사이트에서 상고음을 검색해서 발견한 것들이다.

"어째서 한자라고 하지 않고 늘 글자라고 하죠? 한자라고 하면 잘못된 것인가요?"

그러자 웃으시면서 말씀을 이어 나가셨다.

자네는 글자를 20여 년 동안 공부했으면서 그것도 모르나? 자, 생각해보게. 한국인들 스스로 한국의 글자를 '한글'이라고 하지. 그러면 중국인들 스스로 중국의 글자를 뭐라고 했는지 아는가? 자신들 스스로 '한자'라고 하지 않고 '문' 혹은 '자' 혹은 '문자'라고 불렀다네. 그렇다면 '한자'라는 명칭은 어디에서 왔을까? 이 이름은 북방의 민족들이 중국의 한족(漢族)을 지배하면서 생긴 명칭이라네. 자신들의 글자와는 달리 한족이 사용하는 글자임을 나타내기 위해 '한자'라는 명칭을 사용했다네.[10]

지금 중국에서는 기존의 글자를 번체자(繁體字)라고 하고, 이를 간단하게 변형시킨 것을 간체자(簡體字)라고 구분해서 부르고 있음을 자네는 알걸세. 20세기 중반 문맹률이 높다는 이유로 원래의 글자를 간략하게 만든 글자가 간체자야. 예를 들면, 몸 체(體)자를 체(体)로, 예절 례(禮)자를 례(礼)로, 심을 예(藝)자를 예(艺)자로 간단하게 변형시켰지. 원래의 글자에는 그것을 만들

---

10 『조선왕조실록』에 '한자'라는 명칭이 있긴 하지만 '진서(眞書)'라는 명칭을 주로 사용했다. 『중문대사전(中文大辭典)』(1962년)에는 "한자는 한족이 쓰는 문자로, 몽고문자에 대칭해서 말한 것"이라고 설명하고 있다. 몽고족이 세운 원(元)나라, 원나라 역사책인 『원사(元史)·병지(兵志)』에도 『중문대사전』의 내용과 같은 내용이 실려 있었다. 그 이전의 거란족의 역사인 『요사(遼史)』와 여진족의 역사인 『금사(金史)』에도 한자란 명칭이 이미 출현했지만, 『원사』의 내용이 비교적 구체적으로 밝히고 있다. 이러한 내용으로 볼 때, 한자란 명칭은 한족 이외의 민족이 중국을 지배했을 때 자신들의 문자와 대비되는 명칭으로 사용된 듯하다. 즉, 한자란 한족이 사용하는 문자란 뜻이다. 그렇다면 한족 자신들은 한자를 뭐라고 했을까? 그들은 문(文) 혹은 자(字) 혹은 문자(文字)라고 했다.

당시 혹은 그 이전의 문화가 고스란히 담겨있지만, 간체자에는 그런 문화의 흔적조차 느낄 수 없게 되었다네. 이 얼마나 원통한 일인가! 만일 정말로 자신들의 조상이 만든 것이라면 단지 실용적이지 않다는 이유 하나만으로 유구한 역사와 문화를 지닌 문화재를 이처럼 쉽게 바꿀 수 있었을까? 이 부분에 대해 깊이 생각해보기 바라네.

4. 신의 지위를 차지한 인간의 오만함 _ 법(法)

창힐께서는 계속 말씀을 이으셨다.

왜 글자라고 했냐고? '그림'처럼 '그리'니까 '글자'지. 글자에 대해 더 얘기하고 싶지만, 나는 조금 전에 하던 내 얘길 끝내고 싶다네. 이 얘길 끝낸 다음에 글자에 대해 조금 더 설명해 주겠네. 참, 내가 조금 전에 뭐라고 했더라? 그렇지. 서쪽에서 다른 부족이 쳐들어와서 글자들을 가로채 버렸다고 했지? 그들은 글자들은 빼앗았지만 그 글자들을 읽지는 못했어. 최대한 원음에 가깝게 읽으려고 노력했지만 그렇게 하질 못했지. 앞에서 내가 얘기했지? 소리에 근거해서 문자를 만들었다고. 그 소리대로 읽지 않으면 신과 소통하지 못할 뿐만 아니라 글자의 효력이 사라진다고.

글자들을 원래의 발음으로 읽지 못하면서부터 말과 글이 서로 결별하게 되었다네. 말은 말대로, 글은 글대로. 그렇게 각자 서로 다른 길을 가게 되었지. 그러면서 신의 소유였던 글이 차츰 인간의 손으로 넘겨지게 되었지. 인간이 글자를 장악하면서 애석하게도 신도 차츰 사라져버렸어. 서쪽에서 쳐들어온 오만한 인간들! 그들은 거만하게도 신의 자리를 차지해버렸다네. 신의 자리를!

법(法. 灋鸶)

그러한 것을 반영한 글자가 바로 법 법(法)자라네. 자네도 알다시피 법 (法)자는 원래 '灋'처럼 그렸지. 그런데 어느 순간 '灋'에서 '치(廌)'자가 사라 져버렸어. 그래서 법(法)자만 남게 되었지. 다음 그림을 보게.

법 법(法)자의 초기 형태

옛날에 죄를 지었다고 의심을 받거나 혹은 거짓말을 했을 것이라고 의심 을 받는 사람을 함정에 떨어뜨렸다네. 그 사람이 정말로 죄를 지었거나 거 짓말을 했다면 함정 안에 있던 신성한 동물(해태. 廌)이 뿔로 받아서 그 사 람을 함정 밖으로 쫓아내버렸지(去). 그 사람이 밖으로 나왔다면 정말 죄를 지었다고 인정이 되어 결국 감옥에 가거나 사형에 처해지곤 했어. 유무죄를 판단하거나 거짓말을 판단하는 능력은 신의 능력이므로 사람들은 그것에 대해 왈가왈부를 할 수가 없었다네. 이 결정에 대해 말하는 것은 신을 거부 하는 것으로 받아들여졌거든.

하지만 어느 순간 신적 역할을 했던 전설의 동물은 그림에서 사라져버렸 어. 이것은 무엇을 뜻하는지 아는가! 인간이 신의 자리를 차지해버렸다는 것을 뜻한다네. 그러면서 법은 인간에 의해 좌지우지되었고, 특히 힘있는 인간들의 전유물로 타락해버렸던 것이지. 어떤가! 그들의 사유물이 된 법의 위험성이 느껴지지 않는가!

창힐께서는 서쪽을 바라보면서 글자를 차지한 오만한 인간들이 생각나는 듯 미간을 찌푸리셨다. 그리고 법(灋)자 속에 들어 있는 해태(廌)를 만지시면서 혼을 넣는 동작을 하셨다. "잃어버린 자연법을 찾아야 한다네. 인간은 자연에 순응해야만 해. 그렇지 않으면…." 그는 말씀을 잇지 못하셨다. 한참 후에 이와 관련된 글자 몇 개도 설명하셨다.

법의 수호자인 해태

5. 말과 글의 위력 __ 변(辯), 변(辨), 첨(僉), 검(劍), 검(檢)

변(辯. 辯), 변(辨. 拜)

우선 변호사(辯護士)라는 단어 속에 있는 말 잘할 변(辯)자를 보게. 후에 설명하겠지만 신(辛)자는 죄인을 나타낸다네.[11] 즉, 죄인(辛)과 죄인(辛) 사이에서 말(言)로 잘잘못을 가린다는 뜻을 지닌 글자가 바로 변(辯)자지. 여기에서 말씀 언(言)자는 무척 중요한데, 이는 신의 소리를 말한다네.[12] 원래 신의 소리였던 언(言)을 인간이 장악하면서 인간의 말로 죄인을 판단하게 되었음을 보여주지. 이뿐만이 아니라네. 변(辨)자는 죄인(辛)과 죄인(辛) 사이에서 무력(刀. 刂)으로 잘잘못을 가린다는 뜻을 지닌 글자지. 말과 무력으로 타인을 지배하기 위해 만든 글자들을 보면 나는 인간이 무섭다네.

첨(僉. 龠), 검(劍. 劦), 검(檢. 檢)

말 뿐만 아니라 글로 사람을 죽일 수도, 살릴 수도 있다네. 자네도 알다시피 다 첨(僉)자는 한 집안에(스) 형이 두 명(吅)[13] 있는 상황을 그린 모습

---

11 본서 5장 신(辛)자 설명 참고.
12 본서 3장 언(言)자 설명 참고.
13 '吅'은 '兄兄'자의 변형이다. 형(兄)자는 사람(儿) 위에 입(口)을 크게 벌린 모습을 그린 글자

이라네. 즉 한 핏줄에서 태어난 형제가 집안에서 서로 자기가 형이 되겠다고 큰 소리로 싸우는 모습이지. 그 싸움은 후에 집안싸움이 되기 쉽기 때문에 애초에 싸움의 단초를 잘라야 한다네. 그것이 바로 칼 검(劍)자야.

갑골문	금문	소전	해서
없음	𡔖	僉	僉 (많은 사람이 말할 첨)
없음	劒	劍	劍 (칼 검)

서로의 싸움을 무력으로 막는 방법이 검(劍)라면, 무력이 아닌 글로 막는 방법은 검(檢)이라네. 서로 싸우는 사람들이(僉) 자신의 주장이 타당함을 글로 써서 관공서에 제출했는데, 그 글을 보관하는 함이 바로 검(檢)자라네.[14] 후에 그러한 문서의 내용이 맞는지 여부를 검사하는 것과 그것을 검사하는 사람을 뜻하게 되었지. 단지 글로 죄의 여부를 검사할 수 있는 사람들, 그리고 그것으로 싸움을 막는 사람들, 그들은 그러한 점을 이용해서 차츰 무소불위의 권력을 지니게 되었어. 이처럼 글은 정말 무서운 것이라네.

로, 큰 소리로 말할 수 있는 사람을 나타낸다. 즉, 집안에서 명령을 내릴 수 있는 사람을 뜻한다.
14 『설문해자』: "檢, 書署也."

인간의 전유물로 타락한 글자, 발음을 상실한 이 글자들을 처음으로 만든 민족에게 다시 돌려줘야만 원래의 소리가 되살아나고, 자연신과의 소통을 통해 원래의 질서를 회복할 수 있다네. 글자의 주인을 찾아줘야만 해. 그러면 인간은 자연과 더불어 살아갈 수 있을 것이고, 그렇지 않으면 인간 스스로 자멸에 이를 것이야.

글자를 빼앗긴 민족의 서러움, 글자를 탈취한 자들의 만행 등에 대한 창힐의 말씀을 들으면서 나도 모르게 식은땀이 주르르 흘러 내렸다. 몇 해 전, 소설가 김진명이 쓴 『글자전쟁』이란 책이 갑자기 떠올랐다. 말 그대로 글자를 만든 민족과 그것을 빼앗기 위한 민족 사이에 벌어지는 흥미진진한 이야기를 통해 우리들은 글자를 만든 주인공이 누구인지 생각해 볼 필요가 있다.

자네가 좀 찾아보게. 법(法)자, 검(檢)자, 변(辯)자, 변(辨)자 등의 글자들이 갑골문에 있는지를 말이네. 아무리 찾아봐도 갑골문에는 없을 걸세. 왜냐하면 우리는 이 글자들을 만들지 않았거든. 우리들은 자연법을 따랐기 때문에 굳이 이런 글자들을 만들 필요가 없었다네. 우리는 모든 것을 신의 섭리에 따랐거든. 하지만 서쪽에서 쳐들어온 이민족의 왕은 스스로 하느님의 자식, 즉 천자(天子)라고 칭했고 자신이 곧 신(神)이라는 생각으로 자연법을 배제한 채 인위법을 만들기 시작했어. 이로부터 인간은 차츰 오만해지기 시작했고 결국은 정복당한 민족을 다스리기 위해 법을 만들었던 것이야. 이런 면에서 볼 때, 법이란 결코 공평한 것이 아니라 도리어 권력자들을 보호하고 피해자들을 억압하기 위해 나열한 것 그 이상도 이하도 아니라네.

검찰청   법원   변호사협회

한 맺힌 창힐의 탄식이 길게 이어졌다. 지금으로부터 3,600년 전부터 3,000여 년 전까지 찬란한 문화를 꽃피웠던 상(商)나라의 혼을 되찾으려는 그의 절규는 나의 마음을 요동치게 만들었다. 상인(商人)이라 불렸던 상나라 사람들은 서쪽으로부터 건너 온 주(周)나라에 의해 멸망당했다. 상인들 가운데 일부는 그대로 수도에 남게 되었으나 나머지 상인들은 흩어져서 떠돌이 생활을 하게 되었다. '그들은 어디로 갔을까? 글자를 만든 민족의 실체를 찾는다면 흩어져 있던 상인들도 찾아낼 수 있지 않을까?' 내 이런 생각을 읽었는지 창힐은 계속해서 말씀을 이으셨다.

6. 글자란?__ 각(刻), 글(丰), 글(㓞), 글(契), 끌(鍥), 설(偰)

이제 글자에 대해 설명할 시간이 되었네. 좀 전에 내가 했던 말 기억하는가? 글자는 '그림'에서 시작되었다는 것을 말이네. 처음에는 그랬다네. 하지만 그린 것은 오래지 않아 지워져버렸기 때문에 후에는 칼로 새겼지. 칼로 새기는 것과 관련된 글자를 자네가 한번 찾아보게.

각(刻)

그래, 맞네. 새기는 것과 관련된 글자는 각(刻)자와 갈(㓞)자가 있지. 각
(刻)자의 초기 발음은 [khɯɯg. 극]이고, 『설문해자』를 비롯한 『광운』에서
역시 '극'으로 되어 있네.[15] 이것은 '긁다[극따]'의 발음과 같지. 글자를 새길
때, 표면을 평평하게 만들어야하기 때문에 잘 긁어내야 하고, 그곳에 다시
긁어 새겨야 하기 때문에 '긁[극]'으로 발음했던 거야. 이 글자도 중요하지
만 더 중요한 글자는 갈(㓞)자라네.

글(丯), 글(㓞), 글(契), 끌(鍥)

갈(㓞)자는 원래 '글'로 발음했다네. 여기에서 중요한 것은 바로 '丯'지. 이
것은 나무 조각(ㅣ)에 그린 것(彡)을 나타낸 모양이야. '丯'의 초기 발음은
[kreeds. 그리. 글]. 이 세상에 나무에 그린 것을 '글'이라고 하는 민족은 한
(韓)민족 이외에는 없네. 처음에는 그렸지. 하지만 세월이 흐르면서 쉽게 지
워졌기 때문에 칼(刀)로 새겼다네(丯). 이것이 바로 글(㓞)자라네.

인간과 신은 글로 소통하면서 약속의 징표로 삼았듯이, 인간과 인간 사
이에도 '글'로 약속의 징표를 삼았다네. 이것을 나타낸 글자가 바로 글(契)
이란 글자지. 글(契)이란 글자는 약속의 징표이므로 '계약'이란 의미로도 사용

---

15 『설문해자』: "刻, 鏤也. 苦得切."(각(刻)자는 새기다는 뜻이다. '극'으로 발음한다.)

된다네. 초기에는 청동으로 만든 칼로 새겼지만 나중에는 철로 만든 칼로 새겼는데, 이를 나타낸 글자가 바로 끌(鍥)이란 글자야. 끌로 글을 새기던 민족, 이 지구상에 한민족이 유일하지. 여하튼 '글'이란 말은 '그리다'에서 나왔어. 내가 왜 글자라고 했는지 이제 이해할 수 있겠나?

창힐의 설명을 들으면서 긁다, 갉다, 깎다, 그리다, 글, 그림 등의 단어들이 떠올랐고, 이를 통해 그의 집단이 글자를 만드는 과정을 상세하게 이해할 수 있었다. 나는 이것을 잊지 않기 위해 다음과 같이 정리했다.

행위	발음	형태
그리다	[그리. 글]	丰
칼로 그리다	갈기다 → 갈 → [글]	刏(=契)
쇠로 그리다	그리 → [끌]	鍥
(날카로운 도구로) 새기다	긁다(깎다) → [각]	刻

이 과정을 이해하면서 "글자의 모태가 되는 갑골문을 당시 사람들은 글(刏)로 불렀고 글을 새기는 도구를 끌(鍥)이라고 하였는데, 글을 글이라 부르고 끌을 끌이라고 부르는 민족은 이 지구상에 우리민족밖에 없다"는 진태하 박사님의 글이 새삼 새롭게 다가왔다.[16]

설(偰)

『사기(史記)·은본기(殷本紀)』에는 "상(은)나라 시조인 설(偰)의 어머니가 목욕하다가 현죠(玄鳥)가 떨어뜨린 알을 삼켜 설을 낳았다."고 했다. 상나라 스스로 "하늘이 검은 새를 보내 은나라를 낳게 하였다."[17]는 신화를 널리 보급시켰다. '글을 처음으로 사용한 민족의 선조 이름(偰)에 남아 있는 '글(契)'자, 이 민족은 새를 숭배하는 민족이었던 것이다.[18]

7. 손에 붓을 들다 __ 율(聿), 필(筆), 서(書), 화(畵)

말(소리)을 그림으로 그려낸 것이 글이다. 그러므로 우리는 그림으로 나타낸 글자를 '글'이라 해야 한다. 글이 되기 위해서는 많은 과정이 필요하다. 나무를 잘라 편평하게 다듬은 후, 날카로운 도구를 이용해서 그곳에 조각하듯 그려야만 했다. 이러한 창조의 과정을 거치지 않고 그림을 그대로 모방해서 베낀 것을 '사(寫)'라 한다. 글자를 만든 민족이 아닌 다른 민족이 글자를 모방해서 그대로 따라 쓰는 것이 바로 '寫'자다. '(글을)쓰다'는 행위를 우리는 '서(書)'라 하고, 현대 중국은 '사(寫)'라 한다. 이러한 사실은 우리들에게 시사해주는 바가 매우 크다.

---

16 진태하, 「한자의 연원과 동이족」에서 재인용.
17 『시경(詩經)·상송(商頌)』: "天命玄鳥降而生商."
18 본서 6장, 상민족의 선조와 후예들 설명 참고.

갑골문	금문	소전	해서
			聿 (붓 율)
없음	없음		筆 (붓 필)
없음			書 (쓸 서)
없음			畫 (그림 화)

위 그림들을 보자. 앞 장에서 이미 설명했듯이, '⺕'은 손 모양이다. 손에 막대기 끝에 털 묶음으로 된 도구(붓)를 들고 있는 모양이 붓 율(聿)자고, 대나무로 만든 붓을 들고 있는 모양이 붓 필(筆)자며, 붓을 들고 글을 쓰는 모양을 그린 것이 쓸 서(書)자, 붓을 들고 그림을 그리는 모양이 그림 화(畫)자다.

쓸 서(書)사는 붓 율(聿)사와 놈 사(者)사가 결합한 글사나. 놈 사(者)사는 족적(足跡)을 분간한다는 의미로 볼 때[19] 쓸 서(書)자는 잘못됨이 없이 정확하고 분명하게 쓰는 것을 나타낸다. 위 표를 보면서 나는 지금 이 순간 칼로 글을 새기고(㓞), 붓(聿, 筆)으로 글을 쓰고(書) 그림을 그렸던(畫) 상(商)

---

19 본장 족(足)자 설명 참고.

민족의 힘을 매우 강하게 느낀다.

　나는 창힐의 얼굴을 쳐다보았다. 그는 조용한 눈빛으로 나를 보면서 말을 이어갔다.

　　주나라가 상나라를 멸망시킨 후, 일부 상민족은 원래 살던 곳에 그대로 살게 했고, 나머지 상민족은 이주 정책을 써서 다른 곳으로 이주시켰으며, 일부 상민족은 여기저기로 흩어져버렸지. 상민족이 흩어지면서 그들의 말과 글 역시 중국 동부와 동북부 그리고 동남부 해안선을 따라 퍼져나갔지. 그러면서 발음과 글자에 다양한 변형들이 생겨났어. 주나라가 상왕조를 멸망시킨 이후, 약 800년이 흘러 진시황이 최초로 중국을 통일시켰지. 변형된 글자들을 통일시키는 일, 그는 이 일을 매우 중요하게 생각했고 왕실에서 사용하는 글자를 대전체(大篆體)로 통일시켰어.

　　글자체는 통일시켰으나 문제는 발음이었지. 그로부터 약 300년이 지나 허신이 『설문해자』를 지으면서 글자체는 소전체(小篆體)로, 발음은 독약(讀若)으로 통일시켰어.[20] '독약모(讀若某)'란 '모(某)자의 발음과 비슷하므로 모(某)자처럼 읽는다'는 뜻이야. 그가 이처럼 했던 이유는 그만큼 당시 발음에 혼동이 있었음을 허신 스스로 인정했던 게지. 송(宋)나라 서현(徐鉉)이 『설문해자』에 반절(半切)의 표기방법을 부가했는데, 이를 통해 글자의 발음을 통일시켰다네. 자네는 반절이 뭔지 알지? 이후 중국의 운서(韻書)는 대부분 반절법을 따랐고, 현대 중국어 발음 역시 이 법칙을 근간으로 반절 상자는 성모(聲母), 반절 하자는 운모(韻母)가 된 것이야. 이제 자네가 반절법에 대해 좀 설명해보게나.

---

20 『설문』에 수록된 9,353개 글자 가운데 약 700여 개 글자에 대해 독약(讀若)으로 발음을 정했다.

8. 상이한 발음을 하나로 통일시킨 허신(許愼)

발음이 너무도 다양했기 때문에 이를 통일시키기 위해 허신이 책을 저술했다는 창힐의 설명은 그야말로 충격이었다. 121년에 출간된 중국 최초의 자전인『설문해자』, 책 제목에서 볼 수 있듯이 이 책은 문자(文字)를 설명(說)하고 풀이(解)한 책이다. 문제는 발음이었다. 하나의 글자에 여러 개의 발음이 존재하는 현상을 해결하고 발음을 하나로 통일시키기 위해 그는 최초로 '독약법'을 고안했고, 그 후 800여 년이 흐는 후에 '반절법'이 출현했는데 반절법이란 다음과 같다.

반절법(半切法) : 반쪽씩(半) 끊어서(切) 발음하는 법칙(法).

우선 동녘 동(東)자의 설명을 보자.

▶ "東, 動也. 從木. 官溥說: 從日在木中. 凡東之屬皆從東. 得紅切."

위에서 밑줄 친 부분이 동(東)자의 발음이다. 즉, "동(東)자는 덕홍절(德紅切)로 발음하십시오."란 뜻이다. 덕홍절(德紅切)이란 덕(德)자의 발음과 홍(紅)자의 발음을 서로 연결시켜 발음하라는 의미인데, 어떻게 연결시켜야 할까?

연결방법은 이렇다. 덕(德)자에서 첫 번째 발음부호인 자음 'ㄷ'과 홍(紅)자에서 첫 번째 발음부호인 자음 'ㅎ'을 제외한 나머지 발음인 '옹'을 취하여 서로 연결한 발음, 즉 '東'이란 글자를 'ㄷ'+'옹'으로 발음하라는 뜻이다. 여기에서 'ㄷ'은 성모(聲母)라하고, '옹'은 운모(韻母)라 한다. 간단한 형식으로 나타내면 다음과 같다.

▶ ㄷ + 옹 = 동

다른 예를 들면,
한 일(一)자의 발음은 어실절(於悉切)로 되어 있다. 이를 간단한 형식으로 나타내면

▶ ㅇ + 일 = 일

또 다른 예를 들면,
남녘 남(南)자의 발음은 '나함절(那舍切)'로 되어 있다. 이를 간단한 형식으로 나타내면

▶ ㄴ + 암 = 남

내 설명이 끝나자마자 창힐은 사라져버렸다. 어디로 갔을까? 한참동안 찾아 헤매었지만 끝내 찾을 수가 없었다. 나는 꿈에서 깨어나고 싶지 않았다. 순간 창힐께서 하신 말씀이 다시 떠올랐다.

소리에 뜻이 포함되어 있다네. 소리에 담긴 뜻을 정확하게 그려 낸 것이 글자야. 처음에는 글자를 그렸다네. 하지만 그린 글자는 곧바로 지워져버렸어. 그 후로는 글자를 새기기 시작했지. 그래야만 오랫동안 간직할 수 있었거든. 그게 지워지면 신의 뜻이 사라진다고 믿었어. 그래서 글자를 소중하게 생각함과 동시에 글자가 새겨질 재료 역시 중요하게 생각했지. 아직까지도 글자를 소중하게 여기는 풍습이 여러 곳에 남아 있어. 그 가운데 하나가 바로 부적. 그래서 글자는 아무나 사용하면 안 되고 반드시 신과 관련된 사람들만 사용하도록 했다네.

어째서 이 말씀이 떠올랐을까? 최초의 글자에 담긴 소리를 찾아보란 뜻인가? 나는 최초의 글자인 갑골문에 대해 다시 공부하기 시작했고 상나라 사람들의 삶을 그려보기 시작했다. 다시 창힐을 뵐 수 있으리라 확신하면서.

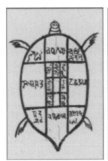   

행운을 나타내는 다양한 부적

이것이 글자다

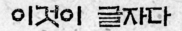

제3장

소리에 주목하라

창힐께서 오셨다. 오늘도 하얀 옷차림이셨다. 어쩌면 나와 마찬가지로 그분도 나를 기다리는 것처럼 느껴졌다. 그분은 내가 상나라에 대해 공부했음을 직감하신 듯 지금까지 전 세계 학자들이 상나라에 대해서 어떻게 연구했는지에 대해 말씀을 꺼내셨다.

"소리야, 소리!"

전 세계 많은 학자들이 고고학적으로, 인류문화학적으로, 문자학적으로, 음운학적으로 우리 상나라에 대해 연구했지만 조금씩 부족한 편이라네. 이에 대해 간단하게 설명할 테니 잘 들어보게.

고고학적인 문제는, 상나라의 많은 문물이 사라졌고 도난당했다네. 게다가 이 문물의 가치가 매우 높았기 때문에 가짜 청동기와 갑골(거북이배껍데기와 동물의 어깨뼈 등) 조각들도 암암리에 거래되었지. 이것들은 출처를 알 수 없었기 때문에 상나라 문물의 진위(眞僞) 여부를 가릴 수가 없었다네. 이것이 가장 큰 문제지.

문자학적인 문제는, 초기 글자라 불리는 갑골문자는 약 3,000여 자지만 이 가운데 2/3정도에 해당하는 2,000여 자는 아직까지도 해석되지 않았다는 점이라네. 뿐만 아니라 중국 산동지역에서 갑골문이 새겨진 갑골이 발견되었지만 외국의 학자들에 공개하지 않고 있다는 점이네. 많은 갑골문들이 출토되어야만 미해결된 갑골문자를 해독할 수 있는데, 중국 당국이 새롭게 발견된 갑골뿐만 아니라 기존의 갑골도 공개하고 있지 않으니 정말 문제라네.

음운학적인 문제는, 당시 글자에 대해 발음(소리)을 연구했지만 발음기호로만 기록했을 뿐 그것을 소리 내어 읽을 수 있는 학자는 거의 없다는 것이 문제지. 글자의 소리를 연구하는 학자들이 소리 내어 읽을 수 없다면 이게 무슨 연구란 말인가!

인류문화학적인 문제는, 당시의 기후를 거의 고려하지 않았다는 점이야. 게다가 당시 천문지리에 대해서도 연구가 미진하다보니 당시의 실상을 제대로 파악하기란 정말 힘든 일이지. 뿐만 아니라 당시에도 전염병이 있었지만 어째서 무엇으로 인해 전염병이 생겼는지 등에 대해서는 연구가 미진한 상태라네.

일부 학자들은 양심에 따라 연구했지만 그런 연구는 학술계에서 받아들여지지 않았어. 학술계는 열린 정신이 있을 것 같지만 오히려 좁고 좁은 것이 학술계야. 정말 치졸한 사람들이 모인 곳이 학계라고 보면 된다네. 그들은 하나의 이론을 고수하기 위해 자신의 이론을 따르는 후학들만을 양산했으며, 그 결과 다른 이론은 들어설 틈조차 주지 않았어. 이론은 이론일 뿐인데도 말이네.

이 뿐만이 아니라네. 일부 학자들은 외국의 자금 지원을 받으며 연구한 결과 외국의 입맛에 맞는 결과만을 내놓을 뿐이지. 그들은 국익과는 별개로 단지 돈만을 위해서 연구하곤 하지. 이들을 따르는 후학들도 선배들의 그런 모습들만 봐왔기 때문에 똑같은 행위를 반복할 뿐이야. 이렇게 해서는 그 어떤 학문적 진전도 볼 수 없을 뿐만 아니라, 오히려 순수하게 학문을 연구하는 젊은 학자들을 배척하기까지 한다네. 게다가 생각이 없는 후학들은 선배들이 엉터리로 연구한 내용만 암기하기에 급급하다네. 실로 참담한 지경이라 더 이상 이 부분에 대해 말하고 싶지 않네.

창힐께서는 한참동안 말씀을 하지 않으셨다. 지금까지 학문이라는 것과 학술계의 문제점을 너무나 자명하게 아시는 것 같았다. 게다가 학자들의 양심은 어디로 갔는지, 양심이라는 단어를 사용해도 좋은지에 대해 말씀을 하시던 중 더 이상 이에 대해 말씀하시고 싶지 않은 듯 손사래를 치셨다.

처음으로 초기 글자인 갑골문을 만든 상나라는 신의 계시에 따라 움직였다네. 신은 인간이 좋아하는 것을 좋아했고, 인간이 싫어하는 것을 싫어했지. 그래서 우리는 인간이 민든 것 가운데 가장 좋은 것들을 신께 바쳤고, 자연에서 나오는 가장 맛있는 것들을 신께 바쳤다네. 인간이 만든 것들은 사육을 통해 길러진 동물들, 농사를 지어 만든 쌀밥, 과일과 과일주, 토기와 청동기 등이 있었다네.

게다가 글도 인간이 만든 것이었기 때문에 이것도 신께 바쳤지. 글은 그냥 바친 것이 아니라 신성한 재료에 새긴 채로 바쳤어. 이렇게 되면서 글은 차츰 신성화 되었고, 신과 소통하기 위해 더 많은 글자들을 만들었지.

처음에는 왕이 곧 무당이었고, 무당이 곧 왕이었어. 하지만 세월이 흘러 왕과 무당은 차츰 나눠지기 시작했지. 무당들은 왕의 명령을 받아 점을 칠 준비를 했다네. 우선 글을 기록하기 위해 거북이를 잡아 배껍데기를 평평하게 잘 손질한 다음 뒷면에 점 복(卜)자 형태로 구멍을 뚫어 놓았어.

그런 다음, 왕의 질문을 대신해서 무당들은 신께 다양한 내용들을 질문했지. 그 다음 청동기로 만들어진 송곳처럼 생긴 뾰족한 것을 불에 달군 후에 복(卜)자 형태로 홈이 파인 곳에 찔러 넣었어. 그러면 '폭' 소리와 함께 그곳에 금이 생겼다네. 배껍데기는 좌악좌악 갈라졌고, 그 갈라진 모양을 보고 길흉(吉凶)을 예측했지. 갈라진 모양을 나타낸 글자가 바로 조짐 조(兆)자야. 마지막으로 점친 내용을 거북이배껍데기에 새겨놓았지. 그리고 시간이 흘러 그 점괘가 맞았는지 여부도 확인했다네.

거북이 배껍데기 뒤쪽　　　　　　　거북이 배껍데기 앞쪽

점친 내용을 말하는 것이 복(卜)과 입(口)을 결합한 글자인 점 점(占)자이고, 예전부터 점치는 집에는 사람들이 몰려들었는데 이것이 지금에 말하는 가게 점(店)자야. 이처럼 상나라는 점으로 나라의 운명을 결정했다네. 내가 말한 복(卜)자, 조(兆)자, 점(占)자를 당시 소리로 읽어보겠네. 이것은 폭(卜), 쫙(兆), 그럼(占)으로 읽어야 한다네. 명심하고 명심하게.

나는 깜짝 놀랐다. "복(卜)은 '폭'으로, 조(兆)는 '쫙'으로, 점(占)은 '그럼'으로 발음해야 한다고요?" 내가 놀라서 순식간에 나온 질문에도 아랑곳하지 않고 말씀을 계속 이어 나가셨다.

상나라는 점치는 것 못지않게 가무(歌舞)도 즐겼다네. 가무는 음악(音樂)이고, 음악은 춤가락이야!

내가 다시 한 번 강조하겠네. 신을 부르는 소리는 신이 들을 수 있는 소리여야만 한다네. 그 소리는 글에 녹아들어 있으니 소리에 집중하게나. 신의 소리와 계시는 춤가락을 통해 인간에게 전달되니 얼른 그 소리를 찾아보게.

창힐께서는 간략하게 요점만 말씀하시고는 어디론가 사라지셨다. 소리! 이 말을 끝으로 잠에서 깨어났다. 어째서 '소리'를 강조하셨을까? 여기엔 분명 매우 중요한 무언가가 있을 것이다.

1. 언어의 기원과 다양한 소리

언어(말)가 어떻게 생겨났는지에 대해 여러 견해가 있는데, 간단하게 소개하면 아래와 같다.

- 멍멍설(bow-wow theory): 동물의 울음소리를 흉내 내다가 언어가 생겼다는 설.
- 땡땡설(ding-dong theory): 사물 고유의 소리를 표현하면서 생겼다는 설.
- 쯧쯧설(pooh-pooh theory): 인간 감정을 표현하면서 생겼다는 설.
- 아아설(sing-song theory): 제사나 의식에서 부르는 노래에서 기원했다는 설.
- 끙끙설(grunt theory): 협력이 필요한 노동에서 기원했다는 설.

이러한 견해들을 종합해서 본다면 소리의 기원은 매우 다양했음을 알수 있다. 자연이 들려주는 바람의 소리, 곤충이 날갯짓하는 소리, 새들이 지저귀는 소리, 동물들이 내는 소리, 인간이 말하는 소리, 인간이 놀라운 상황에 직면했을 때 무의식적으로 내뱉는 소리, 인간이 무언가를 두드리거나 불거나 하면서 내는 인위적인 소리 등등 이 세상에는 소리가 너무나도 많다. 이 소리들은 과거나 지금이나 거의 변함이 없다. 그렇다면 이 소리를 담고 있는 글자들을 통해 연구한다면 글자의 정확한 발음을 추적할수도 있을 것이다. 그래서 창힐께서는 소리의 중요성을 강조하신 듯하다.

하지만 이 모든 소리를 글자로 그려내는 것은 불가능에 가깝다. 이러한 소리 가운데 우리 생활에 꼭 필요한 소리만을 골라서 글자로 나타냈다. 예를 들면, 인간이 침을 뱉는 소리는 토(吐. 퉤)로, 소가 우는 소리는 모(牟. 음머~)로, 양이 우는 소리는 미(羋. 음메~) 등으로 표현했다. 뿐만 아니라, 풍뎅이는 날개를 퍼덕이면서 소리를 내며(풍뎅이 병(蚌)), 메뚜기나 베짱이는 다리를 비비면서 소리를 낸다(베짱이 송(蜙)).

소리를 알면 많은 단어를 만들어낼 수 있다. 예를 들면, "응애"라고 하면 애기 울음소리임을 누구나 알 수 있다. "응애"의 "애"에서 "애기"란 단어가 만들어졌다. 애기들이 엄마 젖을 빠는 소리인 "쩝쩝", "쭙쭙"에서 "짜다", "짜내다"라는 단어가 만들어졌다. 이것을 나타낸 글자가 바로 즙 즙(汁)자다. 과일을 짜내서 "쥬스"를 만들었는데, 이 역시 "즙"과 발음이 유사하다. 슬픈 일을 당하면 "흑흑, 흡흡" 소리를 내면서 우는데, 이 소리에서 울 읍(泣)사가 만들어졌다. 물이 "쫄쫄" 소리를 내면서 흘러가는데, 이 소리에서 물이 흘러나올 출(泏)자가 만들어졌다. 여기서 더 나아가 출(泏)자의 의미에서 "촐랑촐랑", "출렁출렁"이란 단어도 만들어졌다. 여하튼 소리에 육감을 집중하면 수많은 단어들이 우리의 머릿속을 가득 채울 것이다.

2. 성인의 조건과 역할 __ 성(聖), 형(兄)

| 성(聖) → '쿼', '궈', '궐' 등으로 발음

원시사회에서는 육감이 절대적으로 중요했다. 눈으로 자연의 변화를 살펴야했고, 귀로 자연의 다양한 소리를 분별해내야만 했다. 코로 자연의 냄새를 맡아야 했고, 혀로 자연의 맛을 느껴야 했으며, 손과 발로 마지막으로 맨몸으로 자연이 주는 촉감과 진동을 감지해야만 했다. 이렇게 한 이유는 오직 생존을 위해서였다. 하지만 인류는 편리함을 추구하면서 차츰 이러한 감각이 소실되기 시작했다. 예로, 신발을 신음으로써 수많은 동물들이 느끼는 땅의 진동을 감지할 수 없게 되었고, 눈앞의 사물에만 관심이 생기면서 멀리 바라보지 못했기 때문에 시력도 차츰 쇠퇴하기 시작했다. 달콤함에 입맛이 길들여지면서 미각도 상실되기 시작했고, 인위적인 소리에 익숙해지면서 청각도 쇠퇴하기 시작했다. 안락함과 편안함, 이로 인해 우리 인간들은 수많은 재능을 포함해서 자연이 주는 신비로운 은혜를 잊고 지내고 있다.

성(聖. 𦕯)

아주 먼 옛날, 자연을 관찰해서 자연이 들려주는 소리를 분명하게 듣고 그 소리를 정확하게 말해주는 그리고 그 소리의 의미를 전달해주는 사람이 있었는데, 후에 우리는 이런 사람들을 성인(聖人)이라 불렀다. 예전의 성인들은 소리에 굉장히 민감했다. 신의 소리에 귀를 기울였을 뿐만 아니라 자연의 소리에도 그리고 인간을 포함한 모든 동물들의 소리에도 귀를 기울였다. 그리고 그들은 그 소리의 의미를 우리들에게 알려줬다. 우리들은 이러한 사실을 성인 성(聖)자를 통해 확인할 수 있다.

갑골문	금문	소전	해서
𦕯	𦕯	𦕯	聖 (성스러울 성)

지금으로부터 약 3,300년 전, 최초 글자인 갑골문의 형태는 사람(🔆)의 귀(🔆)를 크게 그렸고 옆에 입(🔆)을 그려 넣었다. 그로부터 약 800여 년이 흐른 2,500년 전인 금문에서도 이와 마찬가지였다. 하지만 그로부터 다시 600여 년이 흐른 1,900년 전인 소전에 이르러서, 이 글자를 분명하게 발음하기 위해 발음부호인 '정(壬)'자를 붙여 '성'이라 읽게 되었다. 앞장에서 이미 설명했듯이, 발음부호를 붙인 이유는 한 글자에 대한 발음들이 매우

많았기 때문에 다양한 발음을 하나로 통일시키기 위함이었다. 발음이 이처럼 달랐던 이유는 글자를 만든 민족이 아닌 글자를 빼앗은 민족이 글자를 정확하게 발음 할 수 없었기 때문에 한 글자에 대해 많은 발음이 생겨나게 되었던 것이다.

성인을 의미하는 성(聖)자의 초기 발음은 무엇일까? 이에 대해 연구한 학자들은 '聖'의 초기 발음은 놀랍게도 우리의 상상과는 확연히 다른 [khwət. 퀄. 궐. 껄]이라는 사실을 발견하게 되었다. [퀄. 궐. 껄]은 무엇을 말하는 것일까? 나는 이 발음은 '가리켜 말하다'는 뜻인 '일컫다'와 유사하다고 생각한다. 그리고 '궐. 껄' 역시 '지껄이다'에서 볼 수 있듯이 '말하다'는 의미가 있다. 이렇게 생각한 이유는 성(聖)자의 갑골문에 대한 분석 즉, 갑골문 형태는 귀(耳)와 입(口)으로 구성되었던 것을 통해서이다. 다시 한 번 강조하자면, 성(聖)의 본래 의미는 '들은 사실을 그대로 말하다'는 뜻이다. 들은 바를 거짓 없이 사실 그대로 일컫는 것, 이것이 성(聖)이고 그러한 사람이 바로 성인이다.

여기서 한 가지 주목할 만한 사실은 '聖'의 발음인 [퀄], [퀄다], [궐], [궐다], [궐], [궐다], [껄], [꺼리]이다. 현대 사람들은 잘 모르겠지만, 이 발음과 '들은 사실을 그대로 말하다'라는 의미를 지닌 채 사용되는 지역이 있다. 그 지역은 바로 제주도. 제주도에서는 지금도 이 의미를 지닌 채 이 발음을 사용하고 있다!

예를 들면,

- ▶ 그 사람이 영 궐았져! (그 사람이 이렇게 말했다.)
- ▶ 나가 궐커. (내가 말하겠다.)
- ▶ 무사 경 궐암시니? (왜 그렇게 말하는가?)
- ▶ 궐당보난 생각남쪄. (말하다보니 생각이 난다.)
- ▶ 확 궐아불라! (빨리 말해버려!)

지금으로부터 약 3,000여 년 전, 아니 그보다 더 이전의 상나라 사람들의 발음을 제주도에서 지금까지도 사용하고 있다니, 정말 놀랍지 않은가!

원시시대 사람들은 동물의 소리를 듣고 어떤 동물인지 구분해냈다. 그리고 그 소리를 그대로 흉내 내어 부족 사람들에게 가르쳐주었다. 특히 그들은 위험을 알리는 소리에 매우 민감했다. 그 소리들은 자연이 전해주는 소리들이었으므로, 이 소리를 입으로 정확하게 흉내 내어 위험에 대비하도록 했는데 이러한 역할을 했던 사람이 성인이었다. 우리들 가운데 들리는 소리를 정확하게 흉내 낼 수 있는 사람은 몇이나 될까? 그 미묘한 소리를 구분해서 그 소리가 무엇인지 아는 사람은 또한 몇이나 될까? 자연의 소리를 듣고 정확하게 흉내 내는 것은 일반인들이 할 수 있는 영역이 아니었다. 이 능력을 지닌 사람은 차츰 부족장이 되었고, 부족의 안녕을 책임지게 되었다.

형(兄. 깇)

한 가지 더, 형(兄)자는 사람(儿) 위에 입(口)을 그린 모습으로, 이는 큰 소리로 말하는 사람을 일컫는다. 형의 역할은 제사를 지낼 때 축문(祝文)을 읽는 사람이었다. 그래서 축(祝)자는 제사(示)와 형(兄)이 결합되어 만들어졌던 것이다. 제사를 지낼 때는 신께 정확하게 말해야 한다. 이러한 연고로 인해, 성(聖)자의 발음과 형(兄)자의 발음이 비슷하게 된 것이다. 일부 지역에서 '형'을 '성'이라 하는데, 이러한 점으로 미루어 이 둘의 연관성을 대략 짐작해 볼 수 있다.

갑골문 축(祝)자   제단 앞에서 축문을 읽고 있는 모습

3. 무당의 역할 __ 무(巫), 무(舞), 음(音), 악(樂)

| 무(巫), 무(舞) → '마자'로 발음
| 음(音) → '춤'으로 발음
| 락(樂) → '가락'으로 발음
| 음악(音樂) → '춤가락'으로 발음

무(巫. 🕂), 무(舞. 夵)

소리를 정확하게 듣고 분명하게 알려주는 성인은 무당과 같은 존재였다. 무당 역시 신의 소리를 정확하게 파악하고 인간 세상에 전달해 주는 역할을 했다. 무당의 나라인 상나라에서는 성인이 곧 무당이자 무당이 곧 성인이었다. 성인은 부족장 역할을 했으므로, 왕과 성인 그리고 무당은 같은 존재였다. 여기에서 잠시 김인호가 언급한 왕과 무당의 관계에 대해 살펴보자.

은대(상나라) 정인들이란 갑골로 점을 쳐서 신의를 획득할 수 있는 무적(巫的) 성격의 소유자들이다. 정인(貞人)이란 본래 씨족 내지는 부족장이었다. 이들은 연합해서 한 명의 제사장(왕)을 선출하거나 혹은 호선으로 제사장(왕)이 되며, 그 나머지 정인들은 그 제사장 밑에서 무관(巫官)을 지내며 국가 재정에 참여하였다. 이것이 바로 씨족연맹체 혹은 부족연맹체라는 것인데, 그러나 나중에 이들 족장 중에서 힘을 가진 한 족장이 나머지 족장들을 힘으로 눌러 자신들만이 계속 제사장을 역임하니 이에 왕위가 세습된다. 이 이후부터 그는 자신의 아들에게만 왕위를 물려주게 되니, 이에 비로소 고대 국가가 탄생하게 된 것이다.(중략) 족장들이란 근본적으로 제의를 주관하는 제사장이니, 그들은 본래 무(巫) 성격의 소유자들인 것이다.[21]

시라카와 시즈카 역시 왕과 무당과의 관계에 대해 김인호의 견해와 비슷한 주장을 펼쳤다.

> 왕은 무당을 겸했으며, 제사를 주관하였다. 점을 쳐서 나타난 징조를 판단하고 길흉을 정하는 것은 왕의 몫이었다. 제사를 관장하여 많은 희생물을 바치는 일도 왕이 주관하였다.[22]

무당은 신을 기쁘게 하기 위해 신에게 <u>맞는</u> 춤을 추고, 춤을 통해 하늘과 자연의 뜻을 <u>알아맞힌다</u>. 그러므로 무당은 <u>알아맞히는</u> 사람이다. 그래서 무당은 '맞히는 사람'이므로 '마자'로 발음했고, 초기 발음 역시 [mja.마자]다. '맞다'라는 단어는 신의 뜻을 맞추고, 신의 뜻에 따라 자신의 행동을 맞추는 행위에서 나온 것이다. 손성태 교수는 『우리민족의 대이동』이란 책에서 멕시코 인디언 언어를 소개했는데, 그들의 언어 가운데 점쟁이와 예언자를 '다 <u>마티니</u>(다 맞히는 사람)'라고 했다는 점은 우리들에게 많은 점을 시사해준다.

다음 그림은 무당 무(巫)자와 춤출 무(舞)자다. 무(巫)자는 위와 아래(工), 좌우(卜)를 연결하는 사람을 나타낸다. 즉, 우주 만물을 서로 연결하여 신의 뜻을 알아맞히는 사람이란 뜻이다. 무(舞)자는 그림에서 볼 수 있듯이

---

21 김인호, 『巫와 중국문학』, 민속원, 2001, 21쪽.
22 시라카와 시즈카(고인덕 역), 『한자의 세계』, 솔 출판사, 2008, 96~97쪽.

사람이 양 팔에 많은 장신구를 하고 양 다리를 벌려서 덩실덩실 춤을 추고 있는 모습이다. 이는 신을 <u>맞이하는</u> 행위이므로, 초기 발음은 [mja?. 마자]다.

갑골문	금문	소전	해서
			巫 (무당 무)
			舞 (춤출 무)

무(巫)자와 무(舞)자의 초기 발음은 현재 우리들이 일상생활에서 사용하는 '맞다'와 '맞히다' 그리고 '맞이하다'가 어떤 의미인지를 분명하게 보여 준다.

샤먼(shaman)의 모습   샤먼의 다양한 장신구 모습

음(音. 🔯), 악(樂. 🐛)

　무당들은 신을 맞이하기 위해 춤을 추고 노래를 부르며 신을 기쁘게 해
주었다. 그러면 신 역시 춤과 노래로 그에게 보답을 했다. 시라카와 시즈
카는 다음과 같이 말했다.

가요는 사람들이 스스로 즐기기 위한 가무(歌舞)의 음악으로서 비롯된 것이 아니다. 제사나 수렵, 그 밖의 씨족생활의 중요한 의례에서 행한 가무는 원래 모두 신령에게 작용하여 신령과 일체화하기 위한 것이었다.(중략) 가무의 본질은 종교적인 것이다.(중략) 모두 신과 교섭하여 일체화하기 위한 방법으로서 행해진 것이며, 본래 주술적인 것이다.(중략) 춤의 기원도 신을 모시는 의례에서 시작되었다고 보아도 좋다.[23] (중략) 무(舞)를 바치는 일은 원래 신을 섬기는 일과 종교적인 일을 뜻했다.[24]

혹시 '춤'이란 발음을 가진 글자가 있을까? 춤출 무(舞)자를 떠올릴 수 있겠으나, 앞에서 이미 언급한 바와 마찬가지로 무(舞)자는 신을 맞이한다는 의미에서 '마'자로 발음한다. 춤과 노래는 원시시대로부터 있었던 행동이었으므로 기본 어휘 가운데 이와 관련된 글자가 분명히 있을 것이다. 단지 우리가 찾지 못했을 뿐!

글자 수는 사회가 변할수록 늘어난다. 갑골문자는 약 3,000여 자, 『설문해자』에는 9,353자, 『옥편(玉篇)』에는 16,917자, 『강희자전』에는 42,174자, 1986년에 출간된 『한어대자전(漢語大字典)』에는 54,665자가 수록되어 있는 점으로 미루어 글자 수는 앞으로도 계속 증가할 것이다. 비록 이처럼 늘어난다 할지라도 대부분의 기본 어휘는 갑골문자에 들어 있다. 그러므로 우리들은 갑골문자 내에서 '춤'으로 발음되는 글자를 찾아야만 한다.

나는 '춤'과 같은 발음을 찾기 위해 'ㅁ'으로 끝나는 글자들을 찾기 시작

---

23 시라카와 시즈카(윤철규 옮김), 『한자의 기원』, 이다미디어 출판사, 2009, 298~299쪽.
24 같은 책, 301쪽

했다. 찾다보니 음(㗊)자를 발견하게 되었다.

갑골문	금문	소전	해서
			㗊 (소리 음)

음(㗊)자의 갑골문과 금문은 매울 신(辛)자와 가로 왈(曰)자가 결합한 글자다. 신(辛)이란 글자가 무엇인지 나는 내 논문들을 토대로 엮어 저술한 졸저 『에로스와 한자』 제7장 임신과 한자(용의 비밀을 찾아서)[25]에서 이미 설명한 바 있다. 내용을 간단하게 요약하면 다음과 같다.

신(辛)이란 글자는 여성의 생식기를 나타낸 부호인 역삼각형(▽)과 거꾸로 매달린 애기 모습이 결합한 글자로, 이는 막 생명이 탄생하는 순간을 의미한다. 이 글자와 결합한 글자는 새로울 신(新)과 친할 친(親)자다. 새로울 신(新)자는 탯줄을 절단하는 모습을 그렸고, 친할 친(親)자는 탄생의 순간을 옆에서 지켜보는 가족을 그린 모습이다. 그러므로 신(辛)은 신의 능력을 지닌 신성한 모습이다.

신(辛)은 신(神)과 통한다. 신(神)은 생명의 탄생을 주관한다. 임신한 모습

---

25 김하종, 『에로스와 한자』, 문헌, 2015.

을 그린 글자인 신(身), 신(神)과 신(身)이 서로 소리가 같은 이유가 그것이다. '신'으로 소리되는 새벽(晨), 퍼져나가다(伸) 등의 글자들, 이들의 의미를 종합적인 시각으로 본다면, 신은 생명의 창조 능력을 지닌 여성의 이미지와 일치된다.

이런 의미로 볼 때, 음(音)자는 신(辛)의 소리(曰) 혹은 신께 바치는 소리라고도 풀이할 수 있다. 신과 접촉을 시도하는 영매(靈媒)들은 환각을 불러일으키는 약초를 먹든지, 죽지 않을 정도의 독을 마신다든지, 몸을 심하게 흔든다든지, 자신의 몸을 가학한다든지, 정신없이 다양한 악기 소리를 낸다든지 하는 다양한 방법을 취했다. 그러면 몸은 순간 신들린 모습이 되어 덩실덩실 춤을 추게 된다. 춤과 노래, 이것이야말로 신과 소통하는 방법이었다. 신은 인간의 최고 선물인 춤과 노래를 받고는 또 다시 춤과 노래로 신의 계시를 전달해주었다.

덩실덩실 춤을 추면서 신을 맞이하는 샤먼의 모습

음(音)의 초기 발음은 무엇일까? [qrɯm. 추룸. 춤]이다. 우리들이 알고
있었던 음(音)은 다름 아닌 춤이었던 것이다. 우리들은 흥얼거리면서 몸을
움직인다. 그 움직임은 몸동작에 고스란히 배어 나온다. 흥얼거림도 춤이
요, 몸을 들썩임도 춤이다.

음(音)이 나왔으니 악(樂)도 살펴보자. 악(樂)은 무엇일까? 다음 그림을 분
석하면, 밑에 있는 나무(木)는 악기의 받침대, 받침대 위에 있는 '88'는 실
모양이므로 현악기, 가운데 있는 '♤'은 북과 같은 타악기를 그린 모양이다.
즉, 받침대 위에 현악기와 타악기가 즐비해 있는 모습이 음악 악(樂)자다.

갑골문	금문	소전	해서
			樂 (음악 악, 즐길 락)

'樂'자의 최초 소리를 연구했던 백일평은 [g-rawk]으로, 반오운은 [[g]raawg]이라 주장했다. 이것을 발음하면 [ㄲ락], [가락]이다. 악(樂)은 우리말 노랫가락이다. 그렇다면 음악(音樂)을 약 3,000년 전 혹은 그 이전의 발음으로 한다면, '춤가락'이다. 음악이라는 발음보다는 '춤가락'이란 발음이 더욱 정겹지 않은가! 춤가락, 이 소리만 들어도 덩실덩실 춤이 저절로 나오는 듯하다.

'樂'자가 나왔으니 약(藥)자는 쉽게 이해할 수 있을 것이다. 일반적으로 약(藥)자의 해석은, 아픈 사람이 풀(艹)을 먹은 후 나아서 기쁘고 즐거운 상태(樂)에 이르게 하는 것으로 해석한다. 혹은 무당이 무아지경(樂)에 빠지도록 하기 위해서 먹는 풀(艹)로도 해석이 가능하다. 가락(樂)은 원래 무당이 신을 부르는 소리이기 때문에 후자의 해석이 보다 타당하다고 생각된다.

아와야스까를 마시면 영혼을 마실 수 있어요

약초를 통해 신과 접촉하는 샤먼(MBC 아마존의 눈물 편)

4. 신의 계시를 받는 소리 __ 복(卜), 조(兆), 점(占)

│ 복(卜) → '폭'으로 발음
│ 조(兆) → '쫙'으로 발음
│ 점(占) → '그럼'으로 발음

복(卜. 卜)

덩실덩실 신나게 춤가락을 마친 무당은 이제 신의 소리를 듣기 위해 여러 가지 준비를 해야 했다. 그 가운데 하나가 점(占)을 치는 행위였다. 앞에서 언급한 바와 마찬가지로, 무당의 나라였던 상나라는 세월이 흐르면서 왕의 집단과 무당의 집단이 서로 구분되게 되었다. 그들은 무당의 집단을 정인(貞人)이라 불렀다. 이들은 점을 치기 위해 거북이배껍데기와 다른 동물의 뼈를 준비한 후 그것들을 잘 다듬은 다음, 한 면에 복(卜)자 형태로 홈을 팠다. 그 다음에 왕의 물음을 대신해서 신(神)에게 물어보았다. 그런 다음 곧바로 빨갛게 달궈진 송곳 모양의 도구로 복(卜)자 형태로 파인 홈에 갖다 댔다. 그러면 그곳에서 "폭" 소리와 송곳이 '푹' 들어가게 되고 이와 함께 "쫙", "쩍" 소리를 내면서 다양한 금이 갈라졌다. 새겨진 금 모양을 보고 점괘(占卦)의 길흉(吉凶)을 알아냈고 그것을 거북이배껍질에 글씨를 새겨놓았는데, 우리는 이 글씨들을 갑골문이라 부른다.

"폭"이란 소리는 뜨거운 것에 의해 무엇인가 뚫리는 혹은 터지는 혹은 금가는 혹은 깨지는 소리다. 이 소리의 유래를 정확하게 이해한다면 '폭발', '폭죽', '폭염' 등의 단어에 어째서 '폭'이란 발음이 들어있는지를 쉽게 알 수 있을 것이다. 복(卜)자의 초기 발음은 어떨까? [poog. 폭]이다.

"폭"이란 소리의 근거를 이해하면 '푹'이란 의미도 눈치 챌 수 있을 것이다. '푹'이란 발음은 "폭" 소리와 함께 복(卜)자 형태로 파인 곳이 '푹' 들어가는 것을 나타낸다. 그래서 일반적으로 '푹'이란 발음은 '움푹 파이다'에서 볼 수 있듯이 '들어가다'란 의미로 쓰인다.

조(兆. 兆)

"쫙"이란 금가는 소리를 말한다. "쫙", "쩍"이란 소리에서 '쭉', '찍',

'직'이란 말들이 유래했다. 조짐 조(兆)자의 초기 발음은 어떨까? 놀랍게도 [drjagwx. 쫙]이다. 갑골문 속에 우리의 소리들이 그대로 들어있다는 점은 실로 놀랍고도 놀라운 일이다.

점(占. 🔯)

무당은 거북이배껍데기에 "쫙"하고 금이 간 모양을 보고 신의 계시를 알아맞혔다. 그리고 신의 계시를 왕에게 알려줬다. 이러한 사실을 나타낸 글자가 바로 점 점(占)자다. 글자에서 볼 수 있듯이, 점(占)자는 점친 내용을 (卜) 말하다(口)는 의미다. 점(占)자의 초기 발음은 어떨까? [kljem. 끄럼]이 다. 놀랍지 않은가! 우리들은 일상적으로 이 말을 사용하고 있다. "그럼, 그렇지!"라는 말은 점을 친 내용과 같다는 뜻이다. 즉, 예측한 내용과 완전 히 일치한다는 의미다.

갑골문으로 쓰인 문장을 보면, 오늘날처럼 가로로 쓰인 것이 아니라 세 로로 쓰였다. 세로로 쓰인 이유가 무엇일까? 이 질문에 대한 학자들의 대 답은 거북이배껍데기가 귀해서 이를 최대한 이용하기 위한 목적이었다는 것이다. 그렇다보니 거북이배껍데기 하나를 가지고 몇 번이나 점을 쳤다. 점친 내용을 그곳에 기록하기 위해 글자를 최대한 작게 하고 또한 글자들 도 세로로 바꿨으며 그러면서 자연스럽게 세로로 쓰게 되었다고 했다.

단지 이러한 이유 때문 만이었을까? 세로로 쓰인 문장을 읽어 내려가다 보면 우리들은 자연스럽게 고개를 끄덕이면서 읽게 된다. 갑골문으로 써 내려간 문장을 우리는 갑골 복사(卜辭)라고 한다. 이것은 신과의 대화를 나눈 최초의 기록이자 최초의 책이었다. 이것을 읽을 때 자연스럽게 고개를 끄덕이며 숙인다는 것은 신에 대한 인간의 태도였다. 우리들이 "그럼!"이라고 할 때 마찬가지로 고개를 끄덕이는 것도 이와 같은 이치다. 무당이 신에 대한 경배의 마음을 담고 신의 계시를 공손히 받아서 이를 왕께 전달하는 모습이 바로 "그럼!"이다. 이 말과 '그래', '그렇다', '그러면', '그래서' 등의 단어들과 연관성을 생각해보면 우리들의 일상 속에 숨겨진 상나라의 문화가 고스란히 드러날 것이다.

5. 신의 말과 인간의 말 __ 언(言), 신(信), 왈(曰)

| 왈(曰) → '괄'로 발음

언(言. 𠱠)

무당(왕)의 말에는 신령스러움이 깃들어 있었다. 시라카와 시즈카는 말과 글의 중요성에 대해 아래와 같이 언급했다.

고대 중국에서는 말 속에 신령한 힘이 깃들어 있다고 생각해 말을 언령(言靈)으로 여겼다. 그러나 말은 언령에만 머물게 할 수 있는 것이 아니었다. 문자는 더욱 위대해진 왕이 신성한 능력을 증명하고 나타내기 위해서 언령이 지닌 주술적 능력을 더 효과적인 것으로 만들고, 아울러 그것을 계속 유지하기 위해서도 그 필요성을 더욱 부각시켰던 것이다. 곧, 문자는 그 안에 언령의 주술적 능력을 담아 지속시키기 위한 목적으로 탄생한 것이다.[26]

무당이 내뱉는 말의 힘은 우리가 상상할 수 없을 정도로 강력했다. 무당들은 언령을 이용하여 전쟁 때 항상 맨 앞에서 적에게 저주를 퍼부었는데, 훗날 말싸움, 설전(舌戰)[27]이라고 불리게 된 관습이 이러한 흔적이다.

저주(詛呪)란 남에게 불행이 일어나게 빌고 바라는 것이다. 저주 또한 무(巫)에서 기원한다. 저주는 중국이나 한국의 왕실에서도 빈번히 일어났고, 저주의 방법으로 고(蠱)가 많이 쓰였다. 고(蠱)란 여러 벌레를 그릇에 넣고 싸움을 시킨 뒤 살아남는 놈에게 강력한 주술적 힘이 있어 저주를 하면 사람을 해칠 수도 있다는 것이다. 우리나라의 무속에서 굿을 할 때 고(苦)를 푼다는 의미에서 매듭을 한 천을 푸는 행위가 있는데, 이것은 고(蠱)를 푼다는 뜻으로 볼 수 있다. 고(蠱)를 이용하여 상대방을 홀리는 형태를 고혹(蠱惑)이라고 한다.

---

26 시라카와 시즈카(윤철규 옮김), 『한자의 기원』, 이다미디어, 2009, 41쪽.
27 같은 책, 72쪽.

갑골문	금문	소전	해서
춈	춈	춈	喜 (소리 음)
춈	춈 춈	춈	言 (말씀 언)

춈을 나타낸 음(音)자와 언(言)자는 거의 비슷하다. 신(辛)자에 왈(曰)자가 결합한 것이 음(音)자이고, 신(辛)자에 구(口)자가 결합한 것이 언(言)이다. 앞에서 음(音)자는 신께 바치는 춤, 신의 계시를 받는 춤이라고 설명했다. 이에 근거해서 언(言)자를 설명하면, 이는 신께 사실대로 말하면 신이 사실대로 알려준다는 의미가 된다. 즉, 신과 소통하기 위해 하는 말이 곧 언(言)이다. 신과 소통함에 있어 만일 거짓이 있다면 신의 노여움을 사게 되어 결국 부족을 파멸에 이르게 할 수도 있었다. 그러므로 언(言)은 거짓이 없어야만 한다. 게다가 언(言)은 그것을 감당해 낼 수 있는 자만이 사용할 수 있었다. 그리하여 언(言)에는 반드시 책임이 따라야만 했다.

기원전 11세기, 전 세계의 기후가 차츰 냉랭해지기 시작했는데 이에 각 국들은 생존을 위해서 서로를 침탈하기 시작했다. 상나라도 예외가 아니었다. 생존을 위해서 주변국들을 괴롭히기 시작했는데, 이에 대항하기 위해 서쪽의 양(羊)족을 기반으로 한 주(周)나라는 주변국들과 협력하여 상나라를 공격했다. 상나라는 주나라연합국을 방어해 낼 도리가 없어서 결국

항복하기에 이르렀다. 모든 것을 신의 뜻에 맡겼던 상나라를 패망시킨 주나라는 왕 스스로 신의 자식임을 알렸다. 즉, 오만하게도 인간이 신의 자리를 차지해버렸던 것이다. 이때부터 신의 소리였던 언(言)은 왕의 소리가 되었고, 차츰 제후들의 소리가 되었으며, 결국 권력자들의 소리가 되었다.

다시 한 번 강조하자면, 언(言)은 신께 사실대로 고하면 신께서도 언(言)을 통해 사실대로 계시를 준다는 의미다. 하지만 인간이 신의 자리를 차지하면서 이제 언(言)은 권력자들이 차지했고, 언(言)을 통해 백성들을 통치해 나갔다. 요즘 언론사의 행태를 보면 가짜뉴스가 판을 치는데, 이것은 최초 신의 소리였던 '언'의 기능을 제대로 이해하지 못한 행태다. '사실'을 말하지 않으면 반드시 신의 노여움을 살지니.

신(信. 㥛)

오늘날 사람들은 믿을 신(信)자를 사람(亻)의 말(言)에는 반드시 믿음이 있어야 한다고 해석하는데, 이는 언(言)자에 대한 제대로 된 의미가 아니다. 다시 말하지만 언(言)이란 신께 드리는 말씀, 신의 말씀, 신과 소통하기 위한 말씀을 의미한다. 그렇다면 믿을 신(信)자는 '신의 말씀을 믿다'는 의미가 된다. 인간이 신에 대한 무조건적인 믿음이 바로 신(信)자다. 우리는 흔히 이렇게 물어본다. "너 나 믿니?"라는 물음에 쉽게 "믿어."라고 대답하는데, 만일 이렇게 대답했다면 신을 믿는 마음처럼 어떠한 의심 없이 끝까지 무조건 믿어야만 한다. 이것이 신(信)의 본질적인 의미다.

왈(曰, 日)

말은 신의 말씀과 인간의 말로 구분된다. 인간의 말을 나타낸 글자는 왈(曰)자다.

갑골문	금문	소전	해서
ㅂㅂ	ㅂㅂ	ㅂ	曰 (말할 왈)

왈(曰)자를 분석하면 입에서 공기가 빠져나오는 모습이다.[28] 공기의 흐름에 따라, 공기의 소통에 따라 말을 하기 때문에 이렇게 그린 것이다. 중요한 것은 왈(曰)자의 초기 발음이다. 이에 대해 이방계는 [gjuat. 괄]이라 했고, 정장상방 역시 [Gʷad. 괄]이라 했다. 그렇다면 '괄'은 무엇을 나타낼까? 이 발음은 '괄 → 말 → 왈'로 변했다. 우리가 일상적으로 하는 '말'이 '왈(曰)'인 것이다.

앞에서 우리는 성인 성(聖)자에 대해 살펴봤다. 이 글자는 '일컫다'의 '컫'으로 발음한다는 사실을 알아냈다. 초기 발음 기호는 [khwət. 컫. 궐], 이것은 말(曰)의 초기 발음 기호인 [gjuat. 괄]과 비슷하다. 이런 점으로 미루어 '말하다'는 의미는 '궐다(권다)'에서 나왔을 가능성이 있다. 이 말은 지금

---

28 『설문해자』: "曰, 詞也. 象口气出也."

도 제주에서 사용되고 있으니, 성(聖)자에서 설명한 제주사투리 예시를 다시 살펴보면 그 대략적인 발음을 엿볼 수 있을 것이다.

지금까지 신의 소리, 신과 소통하기 위한 인간의 소리, 신의 계시를 들려주는 거북이배껍데기에서 나는 소리 등 다양한 소리에 대해 살펴봤다. 우리들의 일상 언어 속에 고스란히 녹아 숨쉬는 이런 소리들에 조금만 관심을 갖는다면 더욱 풍부한 소리들을 찾아 낼 수도 있을 것이다. 이제 새로운 소리를 찾아 여행을 떠나보자.

6. 동물의 소리 __ 타(它), 사(蛇), 해(亥), 작(雀), 견(犬)

▎ 타(它) → '탈'로 발음
▎ 사(蛇) → '살'로 발음
▎ 해(亥) → '꽥'으로 발음
▎ 작(雀) → '짹'으로 발음
▎ 견(犬) → '컹'으로 발음
▎ 구(狗) → '꾸'로 발음

타(它. 🐍), 사(蛇. 🐍)

이미 여러 차례 언급했듯이, 상나라 사람들은 삶의 모든 문제를 점(占)으로 해결하고자 했다. 그들에게 있어서 점은 삶 그 자체였다. 그들이 남겨 놓은 점과 관련된 수많은 단어들, 우리들은 이 단어들을 무심코 사용하고 있는데, 여기에서 하나만 예를 들어 보자.

상나라 사람들이 남겨놓은 점의 내용을 보면 '타(它)'란 글자가 여러 번 등장하는데, 일반적인 형식은 "무타호(無它乎)"다. 이것은 어떤 의미일까?

갑골문	금문	소전	해서
			它 (뱀 타)
			蛇 (뱀 사)

타(它)와 사(蛇)는 모두 뱀이다. 그러므로 "무타호(無它乎)"란 "뱀이 없었는 가?"란 의미다. 이 말은 어떤 의미일까? 이는 뱀과 관련된 재앙이 없었는 지를 물어보는 말이다. 그래서 '재앙과 같이 나쁜 일을 나타낼 때 이 형식을 사용했다. "무타호(無它乎)"를 상나라 언어로 한다면 "무탈혀?"다. 우리가 일상적으로 하는 말인 '무탈(無它)'이란 말은 여기에서 나왔다. '탈(它)났어', '별탈(別它)없어'라는 말은 3,300년 전에도 늘상 했던 말이었다.

타(它)도 뱀이고 사(蛇)도 뱀이다. 갑골문과 금문에서는 같은 글자였으나 소전에 이르러 타(它)와 사(蛇)로 구분되었다. 어째서 구분되었을까? 원래 타(它)가 재앙을 뜻하는 '탈로 쓰여 버렸기 때문에 '뱀'이란 단어와 혼동되

기 시작했다. 그래서 뱀이란 단어를 정확하게 나타내기 위해 타(它)자에 벌
레 충(虫)자를 더하여 뱀 사(蛇)자를 새롭게 만들게 되었다.

원시사회에서 가장 무서운 동물은 뱀이었다. 맨몸으로 다녀야 했던 그
들은 보호색으로 위장한 뱀을 쉽사리 찾아낼 수 없었을 뿐만 아니라 발밑
에 순간 나타났다가 사라지곤 했기 때문에 늘 조심해야만 했다. 뱀은 소리
소문 없이 <u>살금살금</u> 기어나왔다가 다시 <u>살살</u> 기어들어가 버린다. "슥",
"사르르", "살" 등은 뱀이 기어가면서 내는 소리다. 그래서 뱀을 '살'이라
고 했다. 이러한 사실은 사(蛇)자의 초기 발음인 [djar. 살]에서 확인할 수
있다. 뱀에 물리면 많은 사람들이 죽었다. 그래서 '죽을 사(死)', '죽일 살(殺)'
이란 발음과 '뱀 <u>사</u>', '뱀 <u>살</u>'이란 발음이 서로 비슷한 이유가 바로 여기에
있다.

해(亥. 下)

돼지 해(亥)자의 초기 발음에 대해 이방계는 [gəgx. 꽥]이라 했고, 정장
상방은 [gɯɯʔ. 꿀]이라 했다.[29] 정말 놀랍지 않은가! '꽥꽥' 소리를 지르다
는 표현은 돼지가 먹을 것을 달라고 졸라대는 소리이기도 하지만 돼지가
목줄이 묶인 채로 나무에 매달린 후 숨이 끊기면서 내는 소리이기도 하다.
그런 후에 '꽥'하고 숨이 멈춘다.

---

29 발음 원칙 상 '꽥'의 'ㄱ'은 'ㅎ'으로 변하기 때문에 '핵'이 되고, 여기에서 받침 'ㄱ'은 생략가
능하기 때문에 '해'가 되어 오늘에 이르렀다.

'꿱꿱'거리는 동물, '꿱'하고 죽는 동물은 '꿱＋이'다. 즉, '꿰기', '궤기'다. 돼지가 죽으면 불로 털을 그을린 후 그것을 먹는다. 제주도에서는 그것을 '꿰기' 혹은 '궤기'라고 부른다. 이는 '고기'의 제주사투리다. '꿰기'란 명칭은 돼지 울음소리인 '꿱'과 일정 부분 연관성이 있음을 부인하지 못할 것이다.

작(雀. 🐦)

참새 작(雀)은 작(적)은(少) 새(隹)를 말한다. 이 글자의 초기 발음에 대해 백일평은 [tsjewk. 쩩]이라 했고, 이방계는 [tsjakw. 짝]이라 했다. 모두 비슷한 발음으로 이는 참새가 노래를 부르는 소리다. 우리가 아는 '작다'는 아마도 참새 작(雀)에서 연유한 듯하다. 제주도에서는 '작다'는 표현으로 '짝다', '째끄만하다', '족다', '쪽다', '쪼그만하다'라고 한다. 이 소리의 느낌을 알면, '조잘조잘', '재잘재잘에 담긴 느낌도 어느 정도 이해할 수 있을 것이다.

그렇다면 '작은 것'을 어떻게 나타냈을까? '소(小)'는 무엇이고 '소(少)'는 무엇일까? 이것을 알기 위해서는 나무 목(木)자의 갑골문 형태를 볼 필요가 있다.

갑골문	금문	소전	해서
ᕁᕁ	ᕁ	ᕁ	木 (나무 목)

목(木)자에서 밑에 있는 부분이 바로 작을 소(小)자다. 즉, 이것은 나무의 뿌리를 나타낸다. 그리고 뿌리가 잘려나간 모양이 적을 소(少)자로, 이것은 나무의 뿌리가 많지 않음을 의미한다.

견(犬. 犭)

개 견(犬)의 초기 발음에 대해 정장상방과 반오운은 [khᵂeenʔ. 컹]이라 했다. "크르릉", "으르렁" 등은 개가 위협을 느끼거나 다른 동물을 공격할 때 내는 소리고, "컹컹"은 큰 개가 짖는 소리를 말한다. 컹 → 켠 → 견으로 발음이 변했다.

구(狗. 犭)

우리는 개를 '견'이라고 하기도 하고 '구(狗)'라고도 하기도 한다. '구'라는 소리는 어디에서 왔을까? 이 소리는 개를 부르는 소리에서 왔다. 즉, 입술을 오므리고 혀를 아랫니와 아랫입술에 붙인 다음에 곧바로 뗄 때 나는 발음으로, 잘 들어보면 "쩍쩍쩍쩍" 소리가 나는데 들을 때는 "꾸꾸꾸꾸" 소리로 들린다. 입으로는 "꾸꾸꾸꾸" 소리를 내면서 동시에 손가락 네 개를 오므렸다 폈다를 반복하면서 개를 부르는 소리를 연상하면 쉽게 이해할 수 있을 것이다. "꾸꾸꾸꾸"라는 소리로 개를 유혹했는데, 이 소리의 의미를 분명하게 이해할 수 있다면 '구슬리다', '꼬시다' 등의 단어에 들어 있는 '구'와 '꼬'의 의미를 어느 정도 유추할 수 있을 것이다.

7. 물건이 부딪힐 때 나는 소리 ＿ 성(聲), 전(錢)

성(聲) → '챙', '쩌렁'으로 발음
전(錢) → '쨍'으로 발음

성(聲. 🖋)

이 글자는 소리 성(聲)자다. 어떤 소리일까?

갑골문	금문	소전	해서
	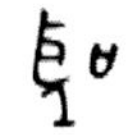		聖 (성스러울 성)
	없음		聲 (소리 성)
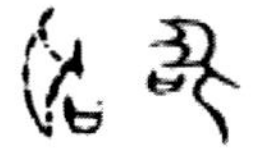			聽 (들을 청)

성(聲)자를 분석하면, 손에 도구를 들고(殳) 돌을 두드려(石) 울려 퍼지는 소리 성(殸)자와 귀와 입을 그린 성(聖)자가 결합한 형태다. 위 그림에서 볼 수 있듯이, 성(聖)자는 성스러울 성(聖), 소리 성(聲), 들을 청(聽)자에 공통으로 들어 있음은 매우 중요한 의미를 지닌다.

성(聲)자는 원래 돌과 관련된 작업을 할 때 나는 소리, 돌을 두들겨보고 어떤 돌인지를 판단하는 미세한 소리, 혹은 다른 작업을 할 때 나는 소리 등을 말한다. 초기 글자를 만들었을 당시는 이미 청동기 시대였지만, 청동기는 왕과 제사장 등 지배계급만 사용하는 혹은 제사를 지내는 일에만 사용되는 매우 중요한 재료였다. 그러므로 청동기 시대라고 할지라도 일반적인 도구들은 여전히 석기가 우세했다. 돌과 관련된 작업은 노예들의 일상적인 노동이었다.

중요한 점은 성(殸)자의 초기 발음이다. 학자들은 성(殸)자의 초기 발음을

[khreeŋ], [챙], [쩌렁]이라 했다. 이 소리는 날카로운 돌끼리 부딪히는 소리, 쇠와 돌이 부딪히는 소리다. 이 소리를 낼 수 있었던 민족이 이 글자를 만든 것이다! "챙", "쩌렁"이란 소리를 분명하게 낼 수 있는 민족은 이 지구상에 우리 민족밖에 없다.

전(錢. 錢)

이 글자는 돈 전(錢)자다. 이를 분석하면, 쇠 금(金)자와 해칠 잔(戔)자가 결합한 글자인데 어째서 해칠 잔(戔)자가 결합되었을까? 해칠 잔(戔)자는 창 과(戈)자와 창 과(戈)자가 결합한 글자로, 이는 창과 창이 서로 부딪치는 것으로 그때 나는 소리가 바로 [챙], [쨍]이다. 이 소리는 매우 날카롭고 가늘기 때문에 이 소리가 들어있는 글자들 대부분은 얇고 가는 느낌이 난다. 예를 들면, 술잔 잔(醆), 옥잔 잔(琖), 얕을 천(淺), 엷을 천(俴) 등이 그것이다. 이 소리가 의미하는 바를 이해한다면, '천박하다', '잔잔하게' 등의 단어에 들어있는 느낌을 느낄 수 있을 것이다.

상나라 때에는 조개를 화폐(貨幣)로 삼았다. 그들이 사용했던 조개는 일반적인 조개가 아니라 별보배고둥이라고 알려진 조개다. 하지만 주나라 때에는 조개를 화폐로 삼지 않고, 청동기와 철기로 만든 칼모양을 화폐로 삼았다. 그래서 주나라에서는 조개를 화폐로 삼는 사람을 천(賤)한 사람이라고 했다. 이 글자가 바로 천박힐 천(賤)자다.

칼모양의 돈을 우리들은 명도전(明刀錢)이라 부른다. 명도전을 고리로 연결하면 "챙, 챙" 혹은 "쨍, 쨍"하는 날카로운 소리가 들린다. 그래서 돈 전(錢)자는 쇠 금(金)자와 날카로운 소리를 나타낸 잔(戔)자가 결합되었던 것이다. 게다가 대부분 돈 때문에 서로 다툼이 일어난다. 그래서 해칠 잔(戔)자가 결합되었던 것이다.

별보배고둥, 조개 패(貝)자

춘추전국시대 때 연나라에서 사용한 명도전

8. 구멍에서 나오는 소리 _ 범(凡), 되(臽)

| 범(凡) → '뻥'으로 발음
| 되(臽) → '퉤'로 발음

범(凡. 片)

무릇 범(凡)자는 바람 풍(風)자와 봉황새 봉(鳳)자 등에 들어 있는 글자다.

이 글자의 초기 발음에 대해 정장상방은 [bom. 봉. 뽕]이라 했고, 반오운은 [blom. 보롱. 뽀롱]이라 했다. 이 글자에 대해 뒤에 자세히 소개되었기 때문에 여기에서는 생략하고, 결론적으로 말하면 이것은 방귀 소리다.[30]

퇴(自. 𠂤)

인류가 신석기 시대로 접어들면서 수렵민족은 차츰 농경목축민족으로 변해갔다. 농경생활을 위해서는 많은 노동력이 필요했고, 그들은 노동력 확보를 위해 전쟁을 치르게 되었다. 건장한 남성 부족원들은 사람들의 흔적을 쫓았다. 사람들이 남겨놓은 흔적은 발자국과 함께 앉았던 흔적이었다. 앉았던 흔적을 나타낸 글자는 엉덩이 퇴(自)자다. 사람들은 이 흔적을 보고 다른 사람들을 추적했는데, 이것을 나타낸 글자가 쫓을 추(追)자다.[31]

엉덩이는 배설물을 배출하는 기관이다. 배설물의 모양은 흙이 조금 쌓인 모양이다. 그래서 쌓을 퇴(堆)자의 소리와 비슷하다.[32] 사람들은 배설물을 보고 '퉤'하고 침을 뱉는다. 더럽다는 뜻이다.

더러운 것이 묻으면 닦아내든지 털어내야만 한다. 더러운 먼지를 털어내기 위해서는 입으로 바람을 불거나 새의 털이나 동물의 털로 만든 도구

---

30 본서 5장 '범(凡)'자 설명 참고.
31 본서 5장 '퇴(自)'자 설명 참고.
32 졸고, 2015년 제주대학교 혁신지원사업에 의하여 연구된 「한자 '퇴(自)'자의 본의 연구」, 2015.

가 필요하다. '털다'를 나타내는 글자는 털 별(撇)자다. 이 글자는 먼지가 묻은(尚. 폐) 옷(衤. 의)을 '펼쳐' 손에 막대기를 들고 두드리면서(攵. 복) 터는 모습을 나타낸다. 묶인 것(弗. 불)을 풀어서 '펼친' 후(扌. 수) 입으로 후후 불면서 먼지를 털어내는 것을 나타낸 글자는 털 불(拂)자다. 불(拂)자의 초기 발음은 [phjət. 펼], [phɯd. 불]이다. 이러한 사실들로 볼 때, '퇴', '퉤', '털', '별', '펼', '불' 등의 소리는 서로 연관되어 있음을 짐작할 수 있다.

9. 생명의 소리 __ 화(火), 화(花)

│ 화(火) → '활'로 발음
│ 화(花) → '활'로 발음

화(火. ⛰)

먼 옛날 어둠속에서 생활했던 원시인들은 밝음에서 생명을 보았고, 어둠에서 죽음을 느꼈다. 시간이 흘러 해(불)를 훔쳐 동굴 속으로 가지고 들어갔다. 그러자 죽음의 공포가 삶의 회망으로 바뀌었다. 그들에게 있어서 해는 생명이자 삶이었듯이 불 역시 생명이었다.

인류는 불을 통제하기 시작하면서 차츰 자연을 지배하기 시작했다. 어두컴컴한 동굴 속, 그들은 불 하나로 안을 환하게 밝혔으며 두려움으로부터 해방이 되었다. 해(휘)가 떠오르면서 밝음을 보았고, 앞이 하얘짐과 동시에 붉어짐을 보았으며 해(휘)를 바라보면서 눈부심을 느꼈다. 이것은 어두운 동굴에서 불을 피웠을 때와 마찬가지다. 불로 인해 밝음을 보았고, 하얘짐과 동시에 붉어짐을 보았으며, 눈부심도 느꼈다. 이러한 상황은 거의 동시에 발생했다. 그래서 우리 선조들은 흰 백(白), 붉을 적(赤), 밝을 명(明) 등을 같은 의미로 사용했던 것이다.

불을 피우기 위해서는 불씨를 '후후' 불어야 한다. 그래서 '불'이란 단어가 생겨났다. 그러면 연기가 자욱하게 올라오면서 '훅', '확'하는 열기와 함께 붉은 불길이 "활활" 소리 내면서 일어난다. 그러면 주위가 환하게 밝아진다. 불 화(火)자의 초기 발음은 무엇일까? [qhʷaal?. 활]이다. 이것은 "활활"에서 나왔다. 영어 'fire' 역시 이 소리에서 나왔을 가능성이 높다. '활'이라는 소리는 생명력이 넘치는 소리다. 생활, 활력, 활기 등의 단어에서 우리는 '활'의 역동성을 느낄 수 있다.

화(花. 華. 琴)

꽃 화(花)자의 초기 발음 역시 [hʷraa. 활]이다. 이는 '꽃이 활짝 피다'에서 꽃 화(花)자의 발음이 나왔다고 볼 수 있다. 발음 [ㄱ], [ㅋ], [ㅎ]은 후음(喉音)이라서 서로 비슷하다. 이런 면에서 볼 때, '활활'과 '콸콸'은 비슷한 의미를 갖는다. '콸콸'은 물이 세차게 흐르는 소리 혹은 물이 위로 솟구치는 소리를 나타낸다.

10. 신께 정성을 다하는 태도이자 소리 _ 예(禮)

무당의 나라인 상나라, 그들에게 있어서 제사는 일상적인 일이었다. 제사 제(祭)자는 손(又)으로 고기(月)을 들고 제단(示)에 올리는 모양을 나타낸 글자다. 제사 사(祀)자는 제단(示)에 꿇어앉아 자손(巳. 자손의 잉태와 관련)을 갖게 해 달라고 비는 모습을 나타내거나 혹은 제단 앞에 꿇어 앉아 감사의 기도를 올리는 자손을 그린 모습이다. 제사를 지낼 때 신께 취하는 태도가 예절 예(禮)다.

갑골문	금문	소전	해서
없음	𣍲 𣍲	禮	禮 (예도 례)
𣍲	𣍲	豊	豊 (풍성할 풍, 굽이 높은 그릇 례)

위 금문에서 보는 바와 마찬가지로, '예(禮)'자와 '례(豊)'자는 본래 같은 글자로 제기(祭器) 가운데 굽이 높은 그릇을 그린 것이다. 굽이 높은 잔에 술을 가득 따르거나 혹은 굽이 높은 쟁반에 과일을 가득 쌓으면 술이 흘러 넘치거나 쌓인 과일이 쉽게 무너져버리기 때문에 매우 조심스럽게 날라야

한다. 이처럼 조심스러운 행동이 '예'다. '가득 따르다' 혹은 '가득 쌓다'는 의미에서 '豊'는 '풍'으로도 읽혔다.[33] 하지만 소전에 이르러 '豊'는 서로 분화하여, '豊'는 '제사 그릇'을, '禮'는 신께 복을 비는 행위를 뜻하게 되었다.[34]

정성스럽게 제물(祭物)을 마련해서 신께 올릴 때 "예~"하고 말을 하면서 올리는 행위, 신의 계시를 받을 때에도 "예~"하고 말을 하면서 정중하게 받는 행위, 만일 이처럼 공손한 태도가 아니면 신의 노여움을 살 수도 있기 때문에 『설문해자』에서는 '예'는 반드시 따라야 하는 태도임을 강조했다.

예절 예(禮)자는 제주도에서 늘상 들리는 소리다. 물어볼 때, 시킬 때, 부를 때, 대답할 때 등에 "예~"를 사용한다. 게다가 뭔가를 드릴 때도 "예~"라고 한다. 며칠 전 지인이 자신의 며느리에 대해 얘기해주었다. 제주에 온 지 7년째인 며느리는 제주에서만 볼 수 있는 행동이 매우 궁금해서 집안 어른들께 여쭤봤다고 한다. 어째서 제 딸이 저에게 물건을 주면서 "예~"라고 하는지를. 그러자 질문을 받은 어른들께서는 "어른들에게 물건을 드릴 때에는 그냥 '예~'라고 하면서 드린다."고 답했다. 며느리는 너무도 신기해서 한참동안 웃었다고 한다. 이것이 "예"이고 "禮"이다. 예절 예(禮)자는 웃어른에 대한 공경 그 자체일 뿐 그 이상도 이하도 아니다. 부르면 "예~"하고 대답하고, 어른께 드릴 때에도 "예~"하고 드리고 그 말속에, 그 행동 속에 이미 '禮'가 들어있음을 우리들은 알지 못했던 것이다.

---

33 『설문해자』: "豊, 行禮之器也. 從豆. 象形."
34 『설문해자』: "禮, 履也. 所以事神致福也."

제주에서는 '~예?'라고 하는 경우도 많은데, 이것은 웃어른에게 여쭤볼 때 사용한다. 예를 들면,

▶ 경 허게마씨, 예? (그렇게 하시는 것이 어때요?)
▶ ㄱ치 허게, 예? (같이 하시는 것이 어때요?)

뿐만 아니라 "예~"라고 하면, 이것은 웃어른을 부르는 말로 사용한다.

▶ 예~, 흐끔 물어보쿠다. (여보세요, 좀 여쭤보겠습니다.)

글자에 숨겨진 다양한 소리들, 나는 그 소리들을 연구하면 할수록 신기하고도 놀라운 경험을 했다. 이 경험은 꿈속에서 보았던 창힐의 마을 모습과 너무나도 닮았다. 창힐의 삶을 꿈에서 볼 때 "예~"라는 소리가 여기저기서 들려왔다. 특히 노예들이 자신들보다 연장자들이거나 지배층들에게 물건을 건넬 때에는 반드시 "예~"라고 하면서 양손으로 드렸다. 어린애들은 형과 누나에게, 오빠와 언니에게, 부모님께, 할아버지와 할머니께 물건을 드릴 때에도 마찬가지로 "예~"하고 말하면서 드렸다. 연장자들에 대한 예우는 늘 공손함에서 시작되었다. 우연의 일치일까? 예(禮)자의 중국어 성조(聲調)는 3성이다. 3성은 고개를 숙이면서 발음하면 된다. 고개를 숙이면서 발음하는 예(禮), 공손함을 나타내는 예(禮), 우리가 관심을 가진다면 이 글자에서 무궁무진한 수수께끼를 발견할 수 있을 것이다.

한 글자, 한 글자에 숨겨진 다양한 소리에 육감을 집중시킨다면 우리들이 잃어버렸던 상상력은 회복될 수 있을 것이다. 그 소리들은 자연과 더불어 살아가는 상나라 사람들의 삶이요, 웃어른에 대한 공손함이 몸에 배인

우리 선조들의 삶이며 우리들이 회복해야 할 삶이다.

11. 바른 소리를 듣다 _ 청(聽), 덕(德)

┃ 청(聽) → '엉'으로 발음
┃ 덕(德) → '척'으로 발음

청(聽. 卆)

지금까지 우리들은 다양한 소리에 대해 살펴봤다. 소리만큼이나 중요한 것은 소리를 정확하게 들어야 한다는 점이다. 이것을 담은 글자가 들을 청(聽)자다. 앞에서도 언급했듯이 성(聖)자와 청(聽)자는 원래 같은 글자였다. 세월이 흘러 성(聖)은 소리를 듣고서 그 소리에 담긴 의미를 '말하는 것'에 초점이 맞춰졌고, 청(聽)은 소리를 '듣는 것'에 초점이 맞춰졌다.

갑골문	금문	소전	해서
𣂪	𦔻	𦖫	聖 (성스러울 성)
𦔻	𦔻	聽	聽 (들을 청)

청(聽)자는 성(聖)자와 마찬가지로 갑골문과 금문에서는 모두 귀(耳)와 입(口)이 결합한 글자였지만, 소전에 이르러 입(口)이 사라지고 그 자리에 소리부호인 '정(壬)'이 더해졌을 뿐만 아니라 여기에 덕 덕(悳)자가 결합해서 지금에 이르고 있다. 여기서 한 가지 의문점은, 청(聽)자에 어째서 덕(悳)자가 결합되었을까하는 점이다. 여기에는 분명 이유가 있을 것이다. 그렇다면 덕(悳, 德)은 무엇일까? 덕은 곧을 직(直)에 마음 심(心)자가 결합한 글자다.

덕(德. 淅)

갑골문	금문	소전	해서
直	直	直	直 (곧을 직)
淅	淅 淅	悳	悳 (덕 덕)
淅	淅 淅	德	德 (덕 덕)

갑골문 곧을 직(直)자를 분석하면 '열 십(十)'자와 '눈 목(目)'자가 결합한 글자다. 열 십(十)자의 의미는 '열다'이다. 그러므로 직(直)자의 본래 의미는

'눈을 크게 뜨다'가 된다. 금문에 와서 여기에 'ㄴ'이 결합했는데, 이것은 '막히다'는 것을 나타낸 부호다. 그렇다면 금문의 '直'자의 해석은 '막힌 곳에서 눈을 크게 뜨고 보다'는 의미가 된다. 깜깜한 곳에서 한 줄기 빛을 보고 그곳을 향해 일직선으로 나아가다, 바른 길로 나아가다, 빛과 밝음 그리고 희망을 향해 나아가다 등의 의미가 '直'자다.

갑골문 덕 덕(悳)자는 네거리를 그린 행(行)자와 눈을 크게 뜨다는 뜻을 지닌 직(直)자가 결합한 형태다. 그러므로 덕(悳)자는 '갈림길에서 바른 길을 보다'는 의미다. 금문에 이르러 마음 심(心)자가 결합되었다. 금문은 갈림길에서 눈과 마음으로 바른 길을 가다는 의미다. 덕 덕(德)자는 갑골문과 금문을 보면 덕(悳)자와 거의 비슷하다. 그러므로 덕은 바른 길을 찾아 간다는 의미요, 덕을 쌓는다는 것은 바른 길을 간다는 뜻이다. 그렇다면 '바른 길'이란 어떤 길일까? 이에 대해서는 본서 제1장 바를 정(正)자를 보면 될 것이다. 다시 한 번 강조하면, 바른 길이란 태양, 빛, 희망의 길을 말한다.

직(直), 덕(悳), 덕(德)의 초기 발음은 모두 [dɯg], [덕]이다. 우리말에 '척' 보면 '척' 안다는 말이 있다. 이는 상대와 직접 대면하지 않고도 그 사람의 모든 것을 꿰뚫어본다는 말이다. [덕]과 [척]은 소리와 의미 면에서 어느 정도 상관관계가 있다.[35]

이러한 분석에 근거하여 들을 청(聽)자를 해석하면, 어찌할 바를 몰라 혼

---

35 t(ㅌ, ㄷ) → ts(ㅊ) → s(ㅅ)의 발음 원칙에 따르면 '덕' → '척'이 된다.

란스러운 상황에서도 바른 말을 듣다는 의미가 된다. 현재 우리 주변에는 잡소리가 널려 있다. 이런 소리들 가운데서 바른 말을 듣는 능력이야말로 우리가 지금 갖추어야 할 자질이 아닌가 생각된다. 고대인들도 마찬가지였을 것이다. 늘 사람들이 모이면 다양한 소리를 내게 되어 있다. 이런 소리들 가운데 올바른 소리를 듣는 능력은 예나 지금에나 변함없이 필요하다. 청(聽)의 초기 발음은 [엉]이다. 이것은 "응"과 같다. 말하면 듣는 행위를 제주도에서는 "엉"이라 한다. 예를 들면,

▶ 확 엉 해불라. (빨리 응이라고 대답 해버려.)

지금까지 다양한 소리에 대해 간략하게 살펴봤다. 이 소리들은 그때나 지금이나 변함이 없기 때문에 지금도 자세히 귀를 기울이면 이런 소리들이 들린다. 눈을 감고 가만히 자연이 들려주는 소리에 귀를 기울여보자. 그 소리를 정확히 듣고, 그것이 주는 신비한 힘을 느끼는 순간 우리들은 성인이자 무당이자 왕이 될 수 있을 것이다.

이것이 글자다

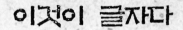

제4장

사투리에 주목하라

지금까지 글자에 숨겨진 소리들을 공부하면서 깨달은 사실은 제주사투리를 모르면 해결할 수 없는 소리들도 있다는 점이다. 예를 들면, '말하다'는 의미를 지닌 [궐다. 퀠대]는 발음이 그것이다. 이 발음을 모르면 성스러울 성(聖)자의 진정한 의미를 찾을 수 없게 된다. 또한 '듣다'는 의미를 지닌 [엉] 역시 그러하다.

이러한 이유로 인해 글자에 숨겨진 의미를 찾기 위해서는 고대어가 생생하게 살아 있는 지방의 언어가 중요하다는 생각이 들었다. 하지만 우리나라 각 지방의 언어를 전부 아는 것은 실제로는 불가능하다. '이 문제를 어떻게 해결할까?' 고민에 고민을 하던 중 드디어 꿈속에서 창힐을 만나게 되었다.

그는 해(日)가 떠오르자 마을사람들에게 "일"이라 했다. 그러자 마을 사람들은 일어나 일하러 나갔다. 그들의 삶은 단조로웠을 뿐만 아니라 매우 여유로웠다. 다음날 창힐은 갑자기 메뚜기 떼들이 들어오는 것을 보고 "ㄱ 실들엄쪄."라고 외치자, 많은 사람들이 한꺼번에 밭에 몰려가서 메뚜기들을 잡고는 그것들을 불에 구워 먹었다. 나는 그가 손짓하는 모습을 보고 그곳으로 달려갔으나, 이곳저곳에서 피어오르는 연기에 눈이 아프고 목이 메어 기침을 하면서 잠에서 깼다.

메뚜기 요리

1. 빛과 어둠 __ 백(白), 흑(黑)

> ▎ 백(白) → '밝'으로 발음
> ▎ 흑(黑) → '꺼먹'으로 발음

백(白. ♦)

그는 '해'를 '**히**(히)'라 했다. 그리고 '날이 하얗게 밝은 것'을 '날이 새었다'라 했다. 그래서 나는 흰 백(白)자의 초기 발음을 찾아보았다. 놀랍게도 백(白)자의 초기 발음은 [b'a˘k. 박], [braag. 바락. 발]이었다. 이 발음은 우리말 [밝]([박]과 [발]의 결합)과 같았다. 창힐은 어째서 날이 하얗게 밝은 것을 '白'처럼 그렸을까?

갑골문	금문	소전	해서
♦	♦	♦	白 (흰 백)

백(白)자가 무엇을 그린 것인지에 대한 견해는 크게 세 가지로 나눌 수 있다. 하나는 불꽃을 그린 모습, 다른 하나는 손톱을 그린 모습, 또 다른

하나는 하얀 쌀을 그린 모습이라는 견해가 그것이다. 하지만 이러한 견해들은 갑골문을 제대로 이해하지 못해 발생했다고 생각한다.

갑골문은 지평선(수평선)을 기준으로 들 입(入. 人)자가 위 아래로 연결된 모습이다. 즉, 태양이 지평선(수평선)에 걸쳐진 모습이다. 이는 해가 떠오르는 모습인지 아니면 지는 모습인지 불분명하지만, 금문에 이르러 위로 조금 솟아오른 모습으로 변했음이 드러나는 바, 이는 해가 떠오르는 모습으로 이해할 수 있다.

해가 떠오르기 시작하니 날이 하얗게 변하면서 날이 새었으니 새벽이 되었고, 차츰 밝아지기 시작했다. 그래서 백(白)은 태양이 떠올라 밝아졌기 때문에 고대인들은 [밝]으로 발음했던 것이다. 결론적으로 말하자면, 희다, 밝다, 새벽, 붉다 등은 모두 해(히)와 깊은 관계가 있는 단어들이다.

여기에서 잠시 백(白)자의 뜻을 살펴보자. 왜냐하면 백(白)이란 글자의 모습과 발음은 '밝다'와 관계가 있는데, 백(白)의 일반적인 의미는 '희다'이기 때문이다. 형용사 '시가― / 시거―'(白)는 『우리말큰사전』[1]에는 표제어로 올라와 있는 점으로 미루어, '희다'는 '시가-시거-'로 발음이 되었음을 엿볼 수 있다. 이런 현상은 일부 지방사투리에 나타나는데, 예를 들면 제주지역에서는 '힘'을 '심'으로 발음하고, '머리가 하얗다'를 '머리가 시었다'로 말하는 예에서 찾아볼 수 있다. 즉, 우리말 '시가― / 시거―'는 '희다(白)'다.

---

1 한글학회 편, 『우리말큰사전』 I-IV 권, 어문각, 1992.

하지만 '시가-/시거-'를 찾아보면 '희다'는 뜻 이외에도, 『전남방언사전』에 실려 있는 '시거리불'은 완도에서 사용되며 '반딧불'을 뜻한다고 하였고, 국립국어연구원에서 편찬한 『표준국어대사전』[2]에 실려 있는 '시거리'는 북한어로 '야광충(반딧불)'을 뜻한다고 하였으며, 뿐만 아니라 시거리(씨거리)는 강릉지역에서는 바닷물이 번쩍거리는 현상(주로 밤에 나타나는 현상을 이름)을 일컫는 말이므로 '시가-/시거-'에는 '빛나다'(光), '밝다'(明), '붉다'(赤)의 뜻도 아울러 가지고 있었을 것으로 추정된다.

이러한 현상은 비단 우리말에서 뿐만 아니라 인도유럽어에서도 확인할 수 있다. 벅(Buck)에 따르면 인도유럽어에서 'white(희다)'에 해당하는 단어들은 대부분 'bright(밝다)'의 개념에서 유래한다고 했다. 즉, 인도유럽어에서 'white(희다)', 'bright(밝다)', 'shine(빛나다)', 'red(붉다)' 등의 의미를 가진 단어들은 어원상 서로 밀접하게 연결되어 있다고 주장했다.[3] 레데이(Rédei)는 우랄어어원을 연구했는데, 그 역시 인도유럽어의 연구와 비슷한 현상을 발견하였다. 예를 들면, 우랄어에서는 인도유럽어의 경우처럼 'white(희다)'와 'red(붉다)'의 의미가 직접 연결되지는 않지만, 'white(희다)', 'bright(밝다)', 'shine(빛나다)' 등의 의미를 지니는 동원어의 예를 확인할 수 있다.[4]

'白'의 산스크리트어는 [him. 힘], 의미는 '흰 색'이다. 예를 들면, [Him-alaya]는 우리가 잘 알고 있는 '히말라야 산'이다. 말 그대로 흰 산을 말한다. 산스크리트어인 '히말라야 산'을 우리말로 옮기면 백두산(白頭山)이

2 http://www.korean.go.kr
3 Buck, Carl Darling(1949), *A Dictionary of Selected Synonyms in the Principal Indo-European Languages*, Chicago & London: The University of Chicago Press, Paperback edition 1988.
4 Rédei, Károly, *Uralisches etymologisches Wöterbuch*. Bd. I-III. Budapest: Akadémiai kiadó(1986-1991).

다. 흰 색은 해를 상징한다. 그러므로 흰 색은 신성한 색이고, 흰 산은 신성한 산이다. 흰 옷은 신성한 사람들만 입을 수 있었는데, 이 옷을 입을 수 있는 사람들이 곧 샤먼이자 무당이었다.

백두산

히말라야

흑(黑. 🐘)

'희다'와 대조적인 말은 '검다'다. 검을 흑(黑)자의 초기 발음은 [hmək. 꺼먹]이다. 한국어로는 [kemek. 꺼먹], [kem-ta. 껌다], [kama-ta. 까마타]이다. 흑(黑)자의 초기 발음을 그대로 간직한 한국어. '검다'와 '감다'는 혼용해서 쓰인다. 예를 들면, [까마귀], [가마오지], [가물치] 등의 발음에서 [가ㅁ]은 모두 검다는 뜻이다.

눈을 감으면 앞이 검게 변한다. 그래서 '감다'와 '검다'는 동일한 어원에서 출발했다. "구름이 햇빛을 가리면 세상이 흐려지고 그늘도 생기고 검게 된다. 날이 저물면 눈앞이 깜깜하여 만물이 몸을 숨긴다. 세상이 만물을 감춘다." 여기에서 밑줄 친 부분인 '구름', '가리다', '흐림', '그늘', '저물다', '깜깜하다', '숨기다', '감추다' 등도 모두 '검다'와 관련되어 있다. 왜 이런 변화가 발생할까? 한국어에서는 어두자음에서 k → j(져물다), k → s(숨다), k → h(흐리다) 등과 같이 개구음화 내지는 마찰음화가 되기 때문이다. 이 원칙에 따르면, 갈무리, 깜짝, 감감(무소식), 까마득, 숨바꼭질, 훔치다, 후미지다, 그림자, 그믐 등도 모두 '검다'와 관련되어 있는 말들임을 확인할 수 있다.

'검다'는 것을 나타내기 위해 옛 선인들은 수많은 고민들을 했을 것이고, 고민의 결과를 그림으로 표현해냈을 것이다. 그 결과는 '흑(黑)'자의 갑골문 형태에 고스란히 담겨져 있다.

검을 흑(黑)

이 글자를 연구한 학자들의 견해는 대략 세 가지로 나눌 수 있다. 첫째, '🐢'은 구멍이 뚫린 거북이배껍데기 모습과 '🔥'은 불(火. 灬)의 모습이 결합한 형태로, 이는 점(占)을 치기 위해 청동기로 만든 꼬챙이를 불에 달궈 복(卜)자 형태로 홈이 파인 구멍에 가져가면 '폭' 소리와 함께 거북이배껍데기가 금이 가면서 주변이 그을린다. 이것을 사실적으로 그렸다는 것이 첫째 견해다. 둘째, 얼굴에 오형(五刑) 중 하나인 묵형(墨刑)을 받은 사람 모습으로 보는 견해이고, 셋째, 아래는 불을 때고 있는 모습이고 위쪽은 굴뚝을 그린 모습으로 보는 견해 등이 그것이다. 나는 첫째 견해가 타당하다고 생각한다. 세 가지 견해에서 공통으로 드러나는 사실은, '검다'라는 것은 불에 그을린 모습이라는 점이다.

2. 메뚜기를 불에 구워먹는 민족 __ 추(秋. 𥤐)

| 추(秋) → 'ᄀ실'로 발음

흑(黑)자를 공부하다가 창힐이 갑자기 메뚜기 떼들이 들어오는 것을 보고 "ᄀ실들엄쩌."라고 외치자 많은 사람들이 한꺼번에 밭에 몰려가서 메뚜기들을 잡고 불에 구워 먹었던 장면이 떠올랐다. '그을리다'의 제주사투리는 '기시리다'다. 이것을 생각하자마자 뭔가 실마리가 보이는 듯해서 가슴이 뛰기 시작했다.

오세준(吳世畯) 교수는 논문「한국어 祖語(조어)의 "秋聲(추성)"系(계) 한자 창제론」에서 '가을 추(秋)'자의 발음을 남광우(南廣祐) 선생의 [kǐsil-ida]를 인용하면서 자신도 선생의 설에 지지를 보냈다. [kǐsil-ida]을 읽어보면 [기실-리다]이다. 최학근(崔鶴根) 선생은 '가을 추(秋)'자의 발음은 [kəsïrin-da. ᄀ시린-다], [kəsillin-da. ᄀ실린-다], [kəllin-da. ᄀ린-다], [kǐsïrin-da. 기시린-다], [kasïllïn-da. 까실린-다], [kasïllïn-da. 까실린-다] 등이 있다고 했다. 그렇다면 '기시리다'라는 말은 어디에서 왔을까? 정말로 가을 추(秋)에서 왔을까? '秋'자의 2,000여 년 전의 발음은 [shɯw. 슈. 츄]이지만, 3,000여 년 전 초기 발음은 [*khslɯw]다. [*khslɯw]를 어떻게 발음할까? 이것을 발음하면? [끄슬]. 오교수는 이것이 끄실 → 끼실 → 끼슬 → ㄱ슬 → 가을로 변했다고 했다.

'가을'을 [기실], [ㄱ실]로 발음하는 지역이 있을까? 있다. 그곳은 다름 아닌 제주도. 제주도에서는 이 단어는 두 가지 뜻으로 쓰이고 있다. 하나는 앞에서 이미 언급한 바와 마찬가지로, '초벌로 불에 태우다'는 뜻으로 '기시리다', '그스리다', '그실이다', '기실이다' 등의 단어를 사용하고 있고, 다른 하나는 'ㄱ실'을 가을이란 의미로도 사용하고 있다. 예를 들면,

▶ "기시린 도새기, 도라멘 도새기 타령혼다." (그을린 돼지가 달아 매달린 돼지를 나무란다.) 즉, 똥 묻은 개가 겨 묻은 개 나무란다는 의미와 같다.
▶ "도새기 호꼼 기시려줍써." (돼지 좀 그을려주세요.)
▶ "ㄱ실들엄쪄." (가을이 들어오고 있다.)

제주인들은 최소 3,000년 이전의 상나라 사람들의 발음을 지금도 그대로 사용하고 있다는 사실이 정말 놀랍지 않은가! 이제는 가을 츄(秋)자의 글자 형태를 살펴보자.

갑골문	소전	해서
萬 竊 鬙 喬 鬙	𤋃	秋 (가을 추)

갑골문에 보면 메뚜기를 불에 그을리는(기시리는) 모습이다. 원래는 메뚜기를 그을려(기시려) 먹는 풍습을 반영했던 '秋'자는 한(漢)나라에 오면서 메뚜기 모습 대신에 벼 화(禾)자를 넣어서 지금의 가을 추(秋)자가 된 것이다.

이것으로 볼 때, 초기 글자는 메뚜기를 불에 그을려(기시려) 먹던 민족이 만들었다고 볼 수도 있다. 당시 이러한 풍습을 지녔던 민족은 '동이족(東夷族)'으로 보는 것이 일반적이다. 동이족의 일파인 상나라가 글자를 처음 만들 때, 글자의 발음은 '[*khslɯɯw](기실, 그실, 끄실)'이었고, 문자는 메뚜기를 불에 기시려 먹는 모습인 '萬'게 만들었다. 하지만 서쪽으로부터 건너온 주나라가 상나라를 멸망시키면서, 주나라는 '기실, 그실, 끄실'이란 발음을 하지 못했고 초기 [*khslɯɯw]에서 'kh'는 묵음, 'l'은 약하게 해서 [shɯɯw. 슈. 츄]로 발음하게 되었다. 그 후 약 800여 년이 흘러 메뚜기를 잡아먹는 풍습이 없었던 민족이 메뚜기 모습을 벼(禾) 모양으로 바꿔 지금에 이르게 되었던 것이다.

제주사투리 속에 3,000년 전의 문화가 여전히 살아 있음을 느끼자 옛소리를 간직한 사투리를 영원토록 보존해서 후세에 잘 물려줘야 한다는 책임감이 내 심장을 파고들었다. 제주인들 가운데 일부 사람들 역시 사투리에 담긴 소중한 문화유산을 후세에 전해주기 위해 제주사투리로 창작한 노래를 부른다든지 혹은 시를 쓴다든지 하곤 한다. 나는 서재에서 고훈식 선생님께서 제주사투리로 쓰신 시집 『곤밥에 돗궤기(쌀밥에 돼지고기)』를 꺼내 읽으면서 한참이나 웃었다. 어느새 밤이 찾아왔다. 잠자리에 들면서 창힐을 꼭 만나고 싶다고 기도를 드렸다. 내 기도가 통했는지 꿈에 다시 창힐께서 나타나셨다.

3. 사투리와 타밀어

"사투리야, 사투리!"

최근에 사투리에 대해 연구하는 학자들이 많이 나오고 있어 정말 기쁘다네. 사투리는 산스크리트어로 '신성한 언어'라는 뜻이야. 산스크리트어는 인도유럽어족의 조상이 되는 언어로, 유럽의 언어학자들은 1800년대부터 약 100여 년 간 중앙아시아, 천산산맥, 타클라마칸사막, 네팔, 부탄, 타림분지, 고대 한반도 지역의 어휘들을 모아서 옥스퍼드 대학교에서 『산스크리트-잉글리쉬 사전(A Sanskrit English dictionary)』을 만들었지. 산스크리트어는 1만년의 역사를 가지고 있으며, 인도유럽어, 라틴어, 페르시아어 등 고대 문명을 이룩한 민족의 모태어라네.

이 언어가 가장 많이 남아 있는 지역은 위에서 말한 지역이며 후대에 실담어, 범어로 변형되었지. 당시 유럽 언어학자들은 산스크리트어의 철학적이고 풍부한 어휘에 감탄과 충격을 받았다고 전해지고 있다네. 정말 훌륭한 책이니 한번 읽어보게나. 이 책은 영어뿐만 아니라 고대한국어에 능통해야만 읽을 수 있으니 우선 먼저 고대한국어를 공부하게. 고대 한국어는 사투리에 남아있으니 사투리에 신경을 쓰게나.

창힐께서는 '사투리'라는 단어를 정확하게 발음하면서 어디론가 사라져 버리셨다. 나는 창힐을 찾으면서 눈을 떴다. 사투리! 최근 강상원 박사님[5]께서도 창힐과 비슷한 말씀을 하셨는데, 간단하게 요약하면 다음과 같다.

1. 순우리말과 함께 산스크리트어가 한자의 어원이 되는 이유는 실제로 우리가 사용하고 있으나 그 뜻이 잊혀진 말(사투리 포함)의 많은 부분이 산스크리트어 문헌에 남아있고 산스크리트어로 문자화되어 있기 때문이다. 토속 사투리가 곧 산스크리트어이며 우리말은 산스크리트어의 뿌리언어이자 동서언어의 뿌리언어다.

2. 순우리말과 사투리(산스크리트어 포함)를 대입하여 만든 것이 글자다. 가령 경상도사투리 "내 사마 모른데이"에서의 '사마'는 산스크리트어 sama(=same)와 발음과 뜻이 동일하다. 이 sama 또는 산스크리트어 s'a(=similar, equality, the same as, equable, similarity)의 음과 뜻을 대입하여 만든 한자가 "같을 사(似)"자다. 일반인들이 한자로만 알았던 사(似)자는 본래부터 우리말이었고, 이 우리말을 그대로 한자의 자형에 옮겨 만들었던 것에 지나지 않는다.

---

5 강상원 박사님께서는 『朝鮮古語 Sanskrit Korean Dictionary Sapiens 梵語大辭典』, 『東國正韻 佛敎語 梵語大辭典』, 『訓民正音解例誤謬』, 『元曉神話 論述誤謬』, 『天符經과 檀君弘益人間世紀』, 『사라진 무 帝國』, 『朝鮮古語 실담어 註釋辭典』, 『東國正韻 실담어 註釋』 등 많은 서적을 출간하셨고, 이 책들에서 한국어와 산스크리트어와의 관계를 밝히셨으며, 특히 한국어의 사투리에 산스크리트어가 숨 쉬고 있음을 역설하셨다.

3. 산스크리트어 "Veda"는 안다를 뜻하는 실담어 vid에서 파생한 말로서 "지식" 또는 "지혜"를 뜻하며, 우리말의 비다, 뵈다, 보이다와 어원이 같다. 우리민족을 배달민족(倍達民族)이라고 부르는 것은 지혜가 뛰어나고 이치에 통달한 민족이기 때문이다. 배달은 산스크리트어 veda-tal을 한역한 것에 불과하다. "veda-tal"은 "achieve the wisdom, prominent, intelligence, under standing"의 의미다.

4. 결론적으로 말하면, 순우리말은 한자와 산스크리트어의 뿌리언어다.

박사님께서는 사투리를 산스크리트어로는 '크샤트리아'라고 말씀하셨고, '크'가 묵음(黙音. 발음이 되지 않음)이 되면서 '샤트리아'로 변했고, 다시 '샤트리(사투리)'가 되었다고 했다. 크샤트리아란 인도의 카스트제도 즉 계급서열의 왕족 계급을 지칭하는 말로, 결국 우리가 사용하고 있는 사투리는 왕족들의 언어라는 것이다.

타밀어

인도의 남부에 드라비다족이 사용하는 언어인 '타밀어'가 있다. 타밀어와 한국어와의 유사성에 대해서는 이미 많은 논문에서 입증되었다. 드라비다족은 인더스문명을 건설한 민족이므로 그 기원은 최소한 5,000년 전으로 거슬러 올라간다. 약 5,000년 전에 한국어를 사용하는 민족이 인더스문명을 건설했다?

약 5,500년 전부터 시작해서 5,000년 전까지 인간이 생활하기에 적합했던 기후가 시간이 흐르면서 점차 추워졌기 때문에 북방의 민족들은 생존을 위해 남쪽으로 이동했고[6] 남쪽에 정착한 후 그들은 다시 문명을 건설하기 시작했다. 인더스 문명을 건설한 드라비다족은 약 4,000년 전에 기후변화로 인해 외부인들의 침입을 받았고, 그로 인해 일부는 동쪽으로 이동했고 일부는 다시 남쪽으로 이동해 촐라왕국과 체라왕국을 건설했는데, 이곳이 한국어와 유사한 타밀어를 사용하는 사람들이 집중적으로 거주하는 곳이다.

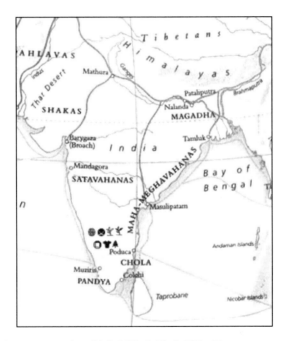

인도 남부에 위치한 촐라와 체라왕국 지도

---

6 고산지역의 민족이 산 아래로 이동했을 가능성도 배제할 수 없다.

생각이 여기까지 미치자 인도 남부에 타밀어를 사용하는 민족이 새삼 새롭게 보였다. 그리고 강상원 박사님께서 하신 말씀도 새롭게 다가왔다. 박사님께서 저술하신 많은 책들을 접하면서 나는 우리말이 동서언어의 뿌리라는 사실을 느낄 수 있었다. 이 책들은 순우리말, 한자, 영어에 능통한 사람들이 보기에 적합하지만, 호기심을 가지고 천천히 음미하면서 몇 번 반복해서 읽는다면 많은 지혜가 생겨날 것이라고 확신한다. 물론 일부 문제가 있긴 하지만 그것은 조족지혈(鳥足之血)에 불과할 뿐이므로 염려하지 않아도 된다.

4. 부끄럽다 ＿ 욕(辱), 치(恥)

박사님께서 출간하신 책들을 통해 내가 발견한 문제점은 갑골문 글자에 대한 분석과 약 3,000년 전의 초기 발음에 대한 분석이 부족하다는 점, 그리고 경상도와 전라도 사투리 이외에 다른 지역 사투리가 거의 없다는 점이 조금 아쉬울 뿐이다. 여기서 치(恥)자를 예로 들어보자.

> 『국어어원사전』에서는, '부끄럽다' 할 때 "얼굴이 붉어진다"라고 한다. 부끄러운 표정은 얼굴에 나타난다. 따라서 국어에서 부끄럽다의 상징은 "얼굴"에 있다고 하겠다.

> 고어에 부끄럽다를 "붓그리다"고 했다. 그리고 붓그릴 티(恥)라고 했다. '붓그리다'는 동사이며 '붓그립다'는 형용사다. '붓그리다'는 '붓'과 '그리다'의 합성어다. '붓'은 '붇'으로 소급되며, 명사다. '붇'은 고어에서는 얼굴, 볼 (顔, 頰)의 뜻을 지닌다고 여겨진다. 현대어 볼(頰)의 고형은 '볻'인데, '붇'과

모음 차이가 있으나 '붇'과 '볕'은 동원어일 것이다.

'붓그리다'의 '그리다'는 "그림을 그리다"와 같이 얼굴에 부끄러움을 그린다는 뜻을 지니고 있었던 말일 것이다. 한자 恥(부그러울 치)는 부끄러워지면 귀가 빨개진다는 중국인들의 사고에서 생겨난 자라 하겠다. 우리나라에서는 부끄럼이 나타나는 곳이 귀가 아니라 얼굴이라고 본 것이 다르다.[7]

『동국정운 실담어 주석』에서는 다음과 같이 설명되어 있다.

> 부끄러울 치(恥)는 '부끄럽다, 붓그리다'이다. 이것을 산스크리트어로는 'vi-kri'[비끄리, 비치](=cause to feel shameful, feel bashful, to be disdained, shamed), 음은 '치', 동국정운 속음표시는 '타'. 산스크리트어 'ci'[치](=shame, bash, detest, to bo shameful, hate, disdain, cut into, rend asunder, plunder).[8]

이 설명은 매우 중요한 내용을 담고는 있으나[9], 다소 간략한 것이 사실이다. 앞에서 언급했듯이, 이 책의 문제점은 갑골문자에 대한 분석이 없을 뿐만 아니라 지방사투리에 대한 예도 없다는 점이다. 그러므로 이 책을 읽기 위해서는 갑골문자에 대한 이해뿐만 아니라 지방사투리에 대한 이해가 선행되어야 할 것이다. 그래야만 보다 체계적인 학습이 될 것이다. 지금부터 이 설명에서 부족한 부분에 대해 보충 설명을 덧붙여보고자 한다.

---

7 『국어어원사전』, http://old.koreaa2z.com/kd/lang.htm 참고. 마지막 문단 설명은 좀 억지스러운 면이 없지 않다.
8 강상원 박사 저.
9 여기에서 중요한 점은 동국정운의 '타'라는 발음과 산스크리트어의 '비치', '치'라는 발음이다.

욕(辱. 辱)

『설문해자』에 따르면 "치(恥)는 욕(辱)이고, 욕(辱)은 치(恥)다."[10]라고 풀이했다. 그러므로 치(恥)자의 뜻을 분명하게 이해하기 위해서는 욕(辱)자에 대한 이해가 선행되어야 한다. 그렇다면 욕(辱)은 무엇일까?

갑골문	금문	소전	해서
厈	辰	辰	辰 (새벽 신, 용 진)
없음	辱	辱	辱 (욕보일 욕)
없음	없음	恥	恥 (부끄러울 치)

욕(辱)자의 비밀을 풀기 위해서는 우선 신(辰)자에 들어 있는 다양한 의미를 살펴봐야만 한다. 신(辰)자는 크게 다섯 가지 의미로 쓰인다.

하나, '농사'의 의미다.

10 『설문해자』: "恥, 辱也." "辱, 恥也."

'辰'자의 갑골문은 사람이 양손으로 농기구(돌로 만든 호미)를 잡고 있는 모습(辰)으로, 이는 농사와 관계된 글자다. 사람이 손으로 호미를 잡고 있는 모습(辰)을 그린 글자 가운데 대표적인 글자는 농사 농(農)자다. 농(農)자의 그림문자는 '㘝'로, 풀 밑에 손으로 호미를 잡은 모습을 그림으로써 농사일(풀을 뽑거나 베고 있는)을 하고 있음을 보여준다. 그래서 신(辰)자가 들어 있는 글자에는 농사와 관련된 글자들이 상당수 포함되어 있다. 농부들은 새벽에 농사를 지으러 밭에 나간다. 따라서 새벽 신(晨)자에 신(辰)자가 결합된 것이다. 석기시대의 호미는 재료가 다양했지만 그 가운데서도 조개껍데기가 중요한 역할을 했다. 그래서 무명조개 신(蜃)자에도 신(辰)자가 결합된 것이다.

둘, '암컷', '여성'의 의미다.

암사슴 신(麔), 새매의 암컷 신(鷐) 등으로 미루어 신(辰)은 암컷과도 관계되어 있다.

셋, '사랑'의 의미다.

신(辰)자는 농사뿐만 아니라 사랑을 나누는 행위와도 관계가 있다. 임신(姙娠)할 신(娠)자에 신(辰)자가 있는 것이 그것이다. 또한 입술 순(脣)자와 입술 순(唇)자를 통해서도 사랑의 의미를 확인할 수 있다.

넷, '볼록함 → 임신'의 의미다.

조금 전에 농사 농(農)자를 설명했는데, 농사를 지을 때 우선 땅을 일궈씨앗을 뿌린 다음에 땅을 도톰하게 북돋아 줘야 한다. 그래서 농(農)자가 결합된 글자들 가운데 '부풀어 오르다'는 뜻을 지닌 글자들도 있게 된 것이다. 예를 들면, 종기에서 나오는 고름 농(膿), 종기가 터져 나오는 고름 농

(膿), 옷이 두툼할 농(襛) 등이 그것이다. 이러한 사실로 볼 때 신(辰)은 씨앗을 땅에 묻는 행위와 밀접한 관계가 있다고 추론해 볼 수 있다. 땅에 묻어 도톰하게 만드는 행위는 여성의 배가 도톰하게 올라오는 모습과 연관되기 때문에 임신과도 관계가 있다. 그래서 신(辰)은 여성, 성교와도 관계되어 있다.[11]

다섯, '결실'의 의미다.

농사를 지으면 과일과 곡식이 풍성하게 된다. 그래서 농(農)자가 결합된 한자들 가운데 '풍성하다'는 뜻과 관계된 글자들도 있게 된 것이다. 예를 들면, 꽃나무 풍성할 농(襛), 성하고 많을 농(濃), 머리털이 많을 농(鬠), 무성할 농(濃) 등이 그것이다.

이러한 다섯 가지 의미를 생각하면서 욕(辱)자를 분석해보자. 욕(辱)자 역시 이와 비슷한 의미를 지니고 있다.

하나, 농사와 관련되어 있다.

욕되게 할 욕(辱)자는 손으로 호미를 잡고 있는 모습(辰. 肙) 밑에 다시 손을 의미하는 마디 촌(寸)자가 결합한 글자다. 손이 두 개나 들어 있는 이유는 바쁘다는 이유도 있겠지만, 때를 놓쳤기 때문에 두 배로 일하다는 이유도 있다. 의미상 후자에 더 가깝다. 즉, 집단노동시절 자신이 해야만 할 때를 놓치면 주위에서 욕을 먹게 되고 이로 인해 부끄럽기 때문에 욕(辱)자는 '부끄럽다'는 뜻이 생겨나게 된 것이다.

---

11 졸저, 『에로스와 한자』(7장 임신과 한자_용의 비밀을 찾아서).

욕(辱)자가 결합된 글자는 호미 누(槈), 김맬 누(耨), 김맬 누(薅), 괭이 누(鎒) 등으로 모두 농사와 관련된 글자들이다.

둘, '사랑과 관련되어 있다.

욕(辱)자가 결합된 글자는 농사 이외에도 사랑과 관련되어 있는데, 예를 들면, 요 욕(褥), 요 욕(蓐) 등이 그것이다. 실과 천으로 만든 요가 욕(褥)이고, 풀을 깔아서 만든 요가 욕(蓐)이다.

일반적으로 요는 여성을 상징하고 이불은 남성을 상징한다. 여성이 요를 깔아서 누어있는 글자는 욕(嬶)자로 '게으르다'는 뜻으로 쓰인다. 요를 깔고 이불을 덮어 사랑을 나누는 모습을 나타낸 글자는 욕(溽)자로 '무덥다는 뜻으로 쓰인다. '요'를 나타내는 글자에 욕(辱)이 들어 있는 것으로 보아, 욕(辱)자는 손(寸)으로 요를 펼치다(辰)는 뜻이 있다고도 할 수 있다.

욕(辱)자에 숨겨진 두 가지 의미를 토대로 유추해보면, 욕(辱)자의 대체적인 의미는 '농사일로 한창 바쁜 시기임에도 불구하고 여성이 남몰래 불미스러운 사랑을 나누다'가 된다. 그러므로 욕(辱)자는 불미스러운 일을 하다, 그러한 일을 당하다, 부끄러운 일을 하다, 그러한 일을 당하다 등의 의미가 된다. 그러한 행위를 하거나 당하면 얼굴이 붉어지고 귀가 빨개진다. 욕(辱)자의 이러한 의미를 통해, '욕(辱)하다'는 '(상대방을)수치스럽게 하다'란 의미고, '욕(辱)먹다'는 '(상대방에게)수치스러운 일을 당하다'란 의미임을 분명하게 짐작할 수 있을 것이다.

치(恥. 𡡾)

치(恥)자는 귀(耳)와 마음(心)이 결합한 글자다. 마음에서 말할 수 없을 정도로 부끄럽고 수치스러운 감정을 느끼는 바가 그대로 얼굴에 드러난다는 의미다. 조선시대를 포함한 그 이전의 치(恥)자의 발음은 [티], '얼굴에 티 나다'의 '티'가 원래 의미다.[12]

그렇다면 치(恥)자의 3,000여 년 전 초기 발음은 어떻게 되어 있을까? 학자들의 연구에 따르면, 초기 발음은 [nhɯʔ. 누. 후. 쮜]다. '누렇다'의 '누' 혹은 씩씩거리면서 거친 호흡 소리인 '후, 후' 혹은 그러한 일을 한 혹은 당한 사람을 향해서 다른 사람들이 혀를 차는 소리인 '쯧, 쯪, 찟, 찣'이 원래 발음일 것이다. 치(恥)자의 산스크리트어 발음 'ci(치)'를 보면 아마도 '쯧, 쯪, 찟, 찣'일 가능성이 농후하다.

제주에서는 치(恥)자의 산스크리트어 발음인 '비치'를 그대로 사용하고 있다. '부끄럽다'를 제주사투리로 <u>비치롭다</u>, <u>부치롭다</u>라고 한다. 예를 들면,

▶ <u>비치로왕</u>(<u>부치로왕</u>) 곱아불크라. (부끄러워서 숨어버리겠다.)
▶ <u>비치로왕</u>(<u>부치로왕</u>) 어떵허여? (부끄러워서 어떻게 할까?)
▶ 경허믄 <u>부치롭주게</u>. (그렇게 하면 부끄러울 것이다.)

---

12 t(티) → ts(치) → s(시) 발음변화에 따라 '티'는 → '치'로 변했다.

지금까지의 내용을 토대로 결론적으로 말하자면, 강상원 박사님께서 지은 『동국정운 실담어 주석』은 더할 나위 없이 매우 중요한 책이지만, 여기에서 부족한 갑골문의 글자 형태 분석, 3,000년 전 소리에 대한 고찰, 다양한 지역의 사투리 등을 더한다면 한국어의 어원과 글자의 자원을 추적하는 데 실로 엄청난 자료가 될 것임을 확신한다.

이 연구를 진행하면서, 나는 제주사투리와 3,000년 전 초기 글자의 발음이 거의 비슷할 뿐만 아니라 산스크리트어 발음과도 밀접하게 연관되어 있음을 발견하고는 한동안 미동도 하지 않은 채 가만히 앉아 있었다. 온 세상이 하얗게 보였고, 사고가 멈춘 듯했다. 우리가 사용하는 사투리는 최소 3,000년 이전의 소리를 그대로 간직하고 있었던 것이다. 이 사투리를 모르면 앞으로 글자의 소리를 연구하는 데 많은 어려움이 있을 뿐만 아니라 그것을 연구하지 못하면 우리말이 어떻게 탄생하게 되었는지, 어떻게 글자를 만들게 되었는지 등과 같은 문제를 해결할 방법은 영원히 사라지게 될지도 모른다는 생각이 들었다.

5. 다양한 제주사투리

1) 해(解)

│ 해(解) → '클'로 발음

나는 『동국정운 실담어 주석』과 상고음(上古音)과 관련된 논문들[13] 그리고 '동방어언학' 인터넷 사이트에 실린 초기 발음 등을 토대로 제주사투리

와 관련된 글자들과 소리들을 찾아보았다. 그 결과 다음과 같은 단어들을
발견하게 되었다.

해(解. ♥)

풀 해(解)자는 칼(刀)로 소(牛)의 뿔(角)을 분리하는 것을 말한다. 혹자는
칼로 소를 잡는다고도 한다. 어째서 소에서 뿔만 분리해냈을까? 하영삼 교
수는 다음과 같이 말했다.

> "뿔은 표면이 단단하지만 안은 부드러워 속을 파내면 잔이나 악기는 물
> 론 다양한 장식물로 쓸 수 있다. 먼저, 가공하기 위해서는 뿔을 뽑아야 하
> 는데, 解(풀 해)는 소(牛·우)의 뿔(角)을 칼(刀·도)로 해체해 내는 모습이다. 옛
> 날 제사를 지낼 때 짐승을 잡아 바쳤는데, 희생물로 쓸 짐승을 묶어(束·속)
> 놓고 배를 가르고 뿔(角)을 뽑으려 할 때 '죽기를 두려워하는 짐승의 모습'
> 을 그린 글자가 속(곱송그릴 觫)이다."

---

13 상고음이란 약 3,000여 년 전부터 2,000여 년 전까지 발음을 말한다. 상고음에 관한 연구
대부분은 복성모(複聲母)에 대한 연구다. 성모가 무엇인지에 대해서는 본서 2장 '반절'에 대
한 설명을 참고하면 될 것이다.
복성모란 성모가 두 개인 경우를 말한다. 예를 들면, [kla]에서 [kl]이 여기에 해당한다. 이
연구는 『시경(詩經)』의 압운자(押韻字) 연구에서 시작되었다. 예를 들면, "○○○●, ○○○
●."란 노래가 있다고 가정해보자. 여기에서 ● 부분은 발음상 서로 연결되어 있어야 한다.
하지만 앞에 있는 ●이 가(歌. ka)이고 뒤에 있는 ●이 락(樂. lak)이라면, 발음상 서로 연관
이 전혀 없게 된다. 이 경우 락(樂. lak)은 앞에 있는 가(歌. ka)와 맞추기 위해서 성모 부분에
'k'음가가 있었을 것이라 가정하여, 락(樂)의 발음은 약 3,000여 년 전에는 [klak]이었을 가능
성이 있다는 것이 이 연구들의 핵심 요지다. 복성모와 관련된 내용은 본서 6장에도 있기
때문에 이 부분을 참고하면 될 것이다.

'解'자의 초기 발음은 [kree?]. 이것을 발음하면, [클], [클르]다. 이후 발음이 변해서 'k'가 묵음이 되고, 'r'은 약해져서 'ㅎ'로 발음이 되면서 [히, 해]가 되었다. '풀다'라는 의미로 '클르다'라고 발음하는 곳이 있을까? '풀다'는 의미로 전라도에서는 [끄르다]라고 하고, 제주도에서는 [클르다]라고 한다. 토속 사투리 속에 남아 있는 '끄르다'와 '클르다'가 바로 풀 해(解)자의 초기 발음이다. 제주도에서 사용하는 예는 다음과 같다.

▶ "이거 확 <u>클러불라</u>." (이것을 빨리 풀어버려라.)
▶ "쇠줄 확 줍아댕경 <u>클러불라</u>." (소를 묶었던 줄을 빨리 잡아당겨서 풀어버려라.)
▶ "이거 어떵 <u>클러부코</u>?" (이것을 어떻게 풀어버릴까?)

'클르다'의 어원은 제사의 희생에 쓰이는 소를 부위별로, 결대로 잘 해체하는 것을 말한다. 결대로, 자연의 이치대로 푸는 것이 '클르는' 것이다. 매듭도 묶인 순서를 알면 자연스럽게 풀릴 것이고, 문제도 발생한 근본 원인을 알면 자연스럽게 해결될 것이다. 우리 모두의 인생도 그렇게 자연스럽게 클러질 것이다.

'클르다'를 정확하게 묘사한 고사성어가 바로 포정해우(庖丁解牛)라는 고사성어인데, 내용은 다음과 같다.

포정이 문혜군(文惠君)을 위해 소를 잡은 일이 있었다. 그가 소에 손을 대고 어깨를 기울이고, 발로 짓누르고, 무릎을 구부려 칼을 움직이는 동작이 모두 음률에 맞았다. 문혜군은 그 모습을 보고 감탄하여 "어찌하면 기술이 이런 경지에 이를 수가 있느냐?"라고 물었다. 포정은 칼을 놓고 다음과 같이 말했다.

"제가 반기는 것은 '도(道)'입니다. 손끝의 재주 따위보다야 우월합니다. 제가 처음 소를 잡을 때는 소만 보여 손을 댈 수 없었으나, 3년이 지나자 어느새 소의 온 모습은 눈에 띄지 않게 되었습니다. 요즘 저는 정신으로 소를 대하지 눈으로 보지는 않습니다. 눈의 작용이 멎으니 정신의 자연스런 작용만 남습니다. 그러면 천리(天理)를 따라 쇠가죽과 고기, 살과 뼈사이의 커다란 틈새와 빈 곳에 칼을 놀리고 움직여 소의 몸이 생긴 그대로 따라갑니다. 그 기술의 미묘함은 아직 한 번도 칼질을 실수하여 살이나 뼈를 다친 적이 없습니다. 솜씨 좋은 소잡이가 1년 만에 칼을 바꾸는 것은 살을 가르기 때문입니다. 평범한 보통 소잡이는 달마다 칼을 바꾸는데, 이는 무리하게 뼈를 가르기 때문입니다. 그렇지만 제 칼은 19년이나 되어 수천 마리의 소를 잡았지만 칼날은 방금 숫돌에 간 것과 같습니다. 저 뼈마디에는 틈새가 있고 칼날에는 두께가 없습니다. 두께 없는 것을 틈새에 넣으니, 널찍하여 칼날을 움직이는 데도 여유가 있습니다. 그러니까 19년이 되었어도 칼날이 방금 숫돌에 간 것과 같습니다. 하지만 근육과 뼈가 엉긴 곳에 이를 때마다 저는 그 일의 어려움을 알고 두려워하여 경계하며 천천히 손을 움직여서 칼의 움직임을 아주 미묘하게 합니다. 살이 뼈에서 털썩하고 떨어지는 소리가 마치 흙덩이가 땅에 떨어지는 것 같습니다. 칼을 든 채 일어나서 둘레를 살펴보며 머뭇거리다가 흐뭇해져 칼을 씻어 챙겨 넣습니다."

문혜군은 포정의 말을 듣고 양생(養生)의 도를 터득했다며 감탄했다고 한다.

2) 획(獲), 계(契)

> 획(獲) → '확'으로 발음
> 계(契) → '게'로 발음

획(獲. 𦥔)

포획(捕獲)하다, 획득(獲得)하다에 사용되는 획(獲)자는 초기에는 손으로 새를 잡은 모습을 그렸다.

갑골문	금문	소전	해서
𦥔	𦥔	獲	獲 (얻을 획)

갑골문은 손(又)으로 새(隹)를 잡는 모습(𦥔)이었으나, 소전에 이르러 수렵용 개(犬. 犭)가 추가되어(獲) 오늘날에 이른 글자다. 손으로 새를 잡든, 개가 새를 잡든 간에 관건은 얼마나 재빨리 "획", "획" 낚아채느냐에 달려있다. 이 글자의 의미는 '획' 지나가다, 고개를 '획' 돌리다 등에 남아 있다. '획 (獲)'자의 초기 발음은 무엇일까? 고본한은 [g'waˇk. 확]이라 했다. [확]이란 발음이 '빨리'란 의미로 쓰인 경우는 제주사투리에 흔하게 나타난다. 예를

들면,

- ▶ "확 와불라." (빨리 와라.)
- ▶ "확 ᄀ라불라." (빨리 말해라.)
- ▶ "확 줍아댕겨불라." (빨리 잡아당겨라.)

계(契. 㓞)

이 글자는 '계약하다'는 의미를 지닌 계약할 계(契)자다. 계약하다는 의미
는 서로 약속하다는 의미다. 본서 2장에서 설명한 바와 마찬가지로, 이 글
자는 그리다, 끄적거리다, 갈(㓞)기다, 긁(刻)어내다, 끌(鍥) 등의 소리를 나타
내는 [글]과 계약하다는 의미를 나타내는 [계] 등 두 개의 소리를 지녔다.
'계'는 '게'로 발음된다. 제주에서 흔하게 들을 수 있는 '게'라는 발음은 매
우 특이하게도 말미에 쓰여 약속하다는 의미로 사용되고 있다. 예를 들면,

- ▶ 경 해불게! (그렇게 하자!)
- ▶ ᄀ치 가게. (같이 가자.)
- ▶ 확 치워불게! (빨리 치워버리자!)

약속은 미래의 확실성을 내포하고 있다. 그러므로 확실한 추측의 의미
로도 사용되고 있다.

- ▶ 게게~ (그럼, 그렇지~)

▶ 경 헐거라 <u>게</u>. (틀림없이 그렇게 하겠지.)

그렇다면 '게'라는 발음은 어째서 계약하다는 의미로 쓰이게 된 것일까? 이것은 산스크리트어 [kheya, keya. 꾀어]에서 그 의미를 찾아야 할 것이다. 산스크리트어 발음은 '꿰어'와 같고, 이 말은 '꿰매다', '맺다', '묶다'는 말과 서로 관련되어 있다. 그래서 매다는 의미로 쓰이는 맬 계(繫)자와 서로 발음이 같은 것이다.

한 가지 유념해야 할 사실은, 이미 앞에서도 언급했듯이 '契'자의 발음은 '설'로도 발음이 된다. 상나라의 시조인 설(偰)을 풀면, 글자를 만든 사람이란 뜻일 뿐만 아니라 서로 간에 계약을 만든 사람이란 뜻이기도 하다. '설'이란 발음은 '술'이란 발음과도 통한다. 그래서 우리들은 '契丹'을 '계단'이니 '설단'으로 발음해서는 안되고, 반드시 '술탄'으로 발음해야 한다. 산스크리트어로 왕이나 영웅을 [sura. 수라]라고 하는데, 영어 '술탄(sultan)'은 산스크리트어 '수라'에 기인했다고 본다.

3) 별(別), 돌(突), 고(告)

| 별(別) → '벨'로 발음
| 돌(突) → '도르'로 발음

별(別. 鳥)

이 글자는 유별나다라는 단어에 쓰이는 다를 별(別)자다. 제주사투리로
는 [벨라]로 발음된다.

▶ 무사 영 벨라져신고? (왜 이렇게 유별나니?)
▶ 뻴레기 뚱! (참 유별나구나!)
▶ 참 벨릴이여! (정말 별난 일이다!)

제주사투리 발음과 산스크리트어 [bhela. 벨라]의 발음과 의미가 같다.
제주사투리 '벨라'는 '별나다'라는 의미 외에도 '벌리다'라는 의미도 있다.

▶ 여기 벨라불라. (여기 벌려버려라.)

어째서 '벌리다'라는 의미가 생긴 것일까? 그 이유는 갑골문을 통해 확
인할 수 있다.

갑골문	금문	소전	해서
𠂤	없음	𠛱	別 (나눌 별)

'別'자의 글자 형태는 뼈(冎. 과)와 칼(刀. 刂. 도)이 결합한 모습으로, 이는 칼로 뼈에서 살을 '바르다' '발라내다'라는 뜻이다. '別'자의 초기 발음은 [bred. 벨르]다. 제주사투리로 '벨르다'는 '벌리다'라는 의미다. 즉, 동물의 배를 벌려서(갈라서) 그 안에 있는 고기를 꺼내다는 의미다.

상나라 때에는 신께 제사를 지낼 때 소와 돼지 등을 잡아서 희생(犧牲)으로 바쳤다. 희생(犧牲)이란 글자에 모두 소 우(牛)자가 들어 있음을 통해 우리들은 이러한 문화를 엿볼 수 있다. 희생물을 잡기 전에 우선 그 동물의 겉모양을 자세히 살핀 후 가장 적합한 동물을 선정하여 신께 바쳤는데, 이때 동물의 배를 벨라보니(발라보니) 겉모양과는 달리 내용물은 별게 아니었다. 즉, 겉과 속이 다르니 유별난 상황이 발생하게 되었다는 의미다. 그래서 '벨라다(다르다)'는 의미가 생겨나게 되었던 것이다.

돌(突. 숫)

▶ 도르라, 도르라! (달려라, 달려!)

제주사투리로 '도르다'는 '달리다'는 의미다. '달리다'의 달(達)자는 본서 1장에서 설명한 바와 같이, 이는 죄수(幸)가 앞뒤 안 가리고 달려가다(辶)는 의미다. '도르다'는 '돌'로 이는 '돌(突)'이다. 사람이 동굴속에 거주할 때 맹수들이 쳐들어오면 개(犬)가 동굴(穴)속 사람들을 지키기 위해서 뛰쳐나가다는 의미로, 맹수처럼 재빨리 달려 나간다는 뜻이다. 산스크리트어로 [dhor. 도르] 역시 재빨리 달리다는 의미다.

고(告. 𤰞)

▶ 무사 경 햄신고? (왜 그렇게 하냐?)

▶ 어디 감신고? (어디 가니?)

▶ 확 ᄀ라불라. (빨리 말해라.)

▶ 이거 뭐꼬? (이게 뭐야?)

여기에서 '-고?'는 '-가?', '-까?'의 의미로, 이것을 글자로 나타낸 것이 알릴 고(告)자다. '알려 달라', '말해 달라'는 뜻이다. 제주사투리로 'ᄀ르다'는 '말하다'는 의미로 글자 '告'의 소리와 의미가 같다. 고(告)자의 『동국정운』식 발음은 [고], [곡꼭], [국] 등이다. 우리가 일상적으로 "꼭 말해줘, 꼭 알려줘"라고 할 때의 '꼭'도 '告'와 일맥상통함을 엿볼 수 있다.

고(告)자는 소 우(牛)자와 입 구(口)자가 결합한 글자다. 소가 알려준다? 그렇다. 소는 우리들에게 수많은 것들을 알려준다. 예를 들면, 먹을 수 있는 풀인지 아닌지를 직접 알려주기도 하고 심지어 땅속에 무엇이 있는지

조차도 알려준다. 뿐만 아니라 상나라 사람들은 소의 넓적다리뼈로 점을 치기도 했는데, 이 역시 소가 우리들에게 신의 계시를 알려준다고 볼 수 있다.

4) 기여(其如), 발악(發惡)

> 발악(發惡) → '바락'으로 발음

기여(其如)

▶ <u>기여</u>, 맞다게. (그래, 맞아.)
▶ <u>기라</u>, 경허게. (그래, 그렇게 하자.)

여기에서 '기여'나 '기라'는 '맞다', '그렇다'는 뜻이다. 이것을 글자로 나타내면 기여(其如), 기야(其也)다. 산스크리트어 [giya(기야)], [gira(기라)] 역시 '그렇다', '말하다', '동의하다'는 뜻이다.

바락(發惡)

▶ 경 <u>바락바락</u> 허지 말라게.(그렇게 거칠게 하지 마세요.)

▶ 무사 자이 정 <u>바락바락</u> 소리첨시?(왜 쟤는 화를 내면서 소리치지?)

여기에서 '바락'은 '버럭'과 같은 의미로 '성이 나서 갑자기 기를 쓰는 것'을 뜻한다. 산스크리트어로는 [vara^-ka. 바락]으로, '거친 행동을 하다', '버릇이 없다'는 뜻이다. 이것을 글자로 나타내면 '발악(發惡)'이다.

그렇다면 '악 악(惡)'은 무엇일까? 이것은 글자의 형태 분석을 통해 가능하다. 고문자를 연구하는 학자들이 '아(亞)'자에 대해 다양한 견해를 제시했으나, 상나라 무덤이 발굴되면서 의견이 일치되었다. 즉, '亞'자는 무덤의 내부 모양을 그린 것이다. 그러므로 '亞'자는 죽음, 부정한 것, 흉한 것을 의미하게 되었다. 영어에서도 '아(a)'는 부정의 의미가 있다. 산스크리트어도 마찬가지. 산스크리트어로 [a-Siva]가 있는데, 이를 읽으면 [아 씨바], [아 씨발]이다. 이는 '시바(Siva)'신의 축복이 없다(a)다. 그래서 [아 씨바]는 시바신이 축복을 주지 않아서 행복하지 않다는 뜻이다.[14]

'亞'자의 의미를 토대로 본다면, '악(惡)'이란 (다른 사람이) 죽기(亞)를 바라는 마음(心)으로 풀이할 수 있다. 내가 무슨 말을 하는 것이 중요한 것이 아니라 상대방이 어떤 말로 받아들이는지가 중요하다. '바락', '버럭' 이렇게 화를 내어도 상대방이 그렇게 받아들이지 않는다면 그 '바락'은 결국 자신에게로 돌아오게 된다. 그러므로 화는 어쩌면 자신에게 더 많은 상처를 입히게 될 수도 있다는 사실을 명심하자.

---

14 [a-Siva]: Not attended by the god of Siva.

5) 만(滿), 만(腕), 세(洗), 훤(烜)

| 만(滿) → '믄'으로 발음
| 만(腕) → '민'으로 발음
| 세(洗) → '씨츠'로 발음

만(滿. 滿)

───────────────────────────────

▶ 믄딱 먹어불라게.(전부 먹어버려라.)
▶ 이거 믄딱 줍서!(이것 전부 주세요.)

제주사투리에 '믄딱'이라는 말이 있다. 이 말은 '전부'란 의미다. 가득찰 만(滿)자는 두 가지 발음이 있는데 하나는 [만], 다른 하나는 [믄]이다. 우리 말 '많다'를 글자로 나타낸 것이 만(滿)자다.

만(腕. 腕)

───────────────────────────────

▶ 자이 민딱해졌져.(쟤 얼굴이 반질반질 윤기가 흐르네.)
▶ 민딱허게 생겼져 이.(잘 생겼네, 그치?)

제주사투리로 '민딱'은 '반지르르하다'는 의미다. 이 말은 산스크리트어 [mand. 맨뜨]에서 나왔고, '꾸미다'는 뜻이다. 이것은 우리말 [만들다]의 제주사투리 [맨들다]와 유사하다. 얼굴을 아름답게 만드는 것, 옷을 차려 입는 것 등이 꾸미는 것이다. 이것을 글자로 나타낸 것이 예쁠 만(婉)자다.

세(洗. 燦)

이 글자는 씻을 세(洗)자다. 세면(洗面), 세탁(洗濯) 등의 단어에 사용된다. 산스크리트어로 [sic. 씩. 씨츠], [sik. 씩. 씨끄]다. 하지만 초기 발음은 [siən. 씨언]이다. 아마도 '시원'하다는 단어일 가능성이 높다. 제주사투리로 사용되는 용례는 아래와 같다.

▶ 얼굴 <u>씨츠</u>라. (얼굴 씻어라.)
▶ 얼굴 <u>씩거</u>라. (얼굴 씻어라.)

훤(煊. 燲)

▶ <u>훤</u>해샤? (밝았니?)
▶ 니가 무신 말 해도 난 <u>훤</u> 헌다. (네가 무슨 말을 하든 나는 모든 것을 알고 있어.)

<u>환</u>(煥)하다, <u>훤</u>(煊)하다, <u>번</u>(燔)적(반짝) 등은 모두 '밝다'라는 의미를 지닌 글자다. 산스크리트어로는 [phan. 환]이다. 모두 '<u>환</u>하다'에서 나온 말이

다. 우리말 '삔하다'에서 '삔'을 글자로 쓰면 번(燔)으로 쓴다. 번(燔)의 『동국정운』발음은 [번. 뻔]이다. 영어로 번(burn)은 '타다'라는 뜻이다. 이 세 글자에는 공통적으로 불 화(火)자가 들어 있으니, 모두 불꽃과 관련되어 있다.

6) 자(者), 포(哺), 절(折), 절(刀)

| 자(者) → '자이'로 발음
| 포(哺) → '뽀라'로 발음
| 절(折) → '줄라'로 발음
| 절(刀) → '그리'로 발음

자(者. 凷)

▶ <u>자이</u> 무사 경 햄신고?(재 왜 그렇게 하니?)

▶ <u>자이</u> 무사 영 몽켐시게?(재 왜 이렇게 우물쭈물하면서 시간만 허비하지?)

제주사투리로 '자이'는 화자보다 나이가 어린 사람에게 쓰는 호칭으로 '저 사람(애)'이란 뜻이다. 이 말은 산스크리트어 [ja. 자], [jya. 쟈], [nme. 늠]에서 나왔다. 이 말은 '남성, 여성, 사람, 친구'의 의미다.[15] 이것을 글자

---

15 [ja], [jya], [nme]: Mr. Miss, Master, person, fellow.

로 나타내면 놈 자(者), 이 글자는 어째서 이런 의미가 생겼을까? 이것을 살펴보기 위해서는 글자의 형태 분석이 필요하다. 자(者)자는 발자국 흔적(𧾷), 입 구(口)가 결합한 글자다. 즉, 발자국 흔적(𧾷)을 보고 이것이 어떤 동물인지, 누구인지를 말하다(口)는 의미다. 그래서 어떤 동물, 누구라는 의미가 생겼다.[16]

포(哺. ᵇ甫)

▶ 줄줄 흘럼새, 확 <u>뽀라</u>먹어불라.(줄줄 흘러내리잖아, 빨리 빨아먹어버려라.)
▶ 쭉쭉 <u>뽀라</u>불라.(쭉쭉 빨아버려라.)

제주사투리로 '뽀라'는 '빨다'는 의미다. 산스크리트어 [po. 뽀], [pu^. 뿌], [pal. 빨]과 같다. 즉 '뽀라'는 '빨다, 마시다'는 의미다.[17] 이것을 글자로 나타내면 먹을 포(哺)자다. 『동국정운』에는 '哺'자의 발음을 '보, 뽀'라고 했다.

---

16 본서 2장, 족(足)자 설명 참고.
17 [po], [pu^], [pal]: suck, sip, drink.

절(折. 折)

이 글자는 꺾을 절(折)자다. 손(扌)으로 도끼(斤)를 들고 나무를 '자르는 것' 을 나타낸다. 초기 발음은 [ɦtjat. 잘]이고, 산스크리트어로는 [jur. 줄]이다. 제주도에서는 '자르다', '꺾다'는 의미로 'ᄌᆞ르다'를 사용한다.

▶ 요레 왕 요 낭 <u>줄라불라</u>. (이쪽으로 와서 이 나무 잘라버려라.)

절(卩. 卩)

갑골문	금문	소전	해서
虍	中	虍	女 (계집 녀)
卩 卩	없음	卩	卩(巳,卩,卪) (병부 절)

계집 녀(女)자는 양팔을 가슴에 모아서 꿇어 앉아 있는 여성의 모습이고, 절(卩)자는 양팔을 무릎 위에 놓고서 꿇어 앉아 있는 남성의 모습이다. 하지만 절(卩)자는 병부(兵符, 나무패)란 의미로 알려졌다. 병부란 왕과 신하가 각각 반으로 나누어 가진 표시를 말한다. 즉, 병부 절(卩)자는 병부를 반으

로 나눈 모습과 닮았기 때문에 붙여진 이름이다. 이는 절(卩)자의 본래 의미와는 전혀 관련이 없는 의미로, 본래 의미는 위 그림에서 보여지는 바와 마찬가지로 사람이 꿇어앉은 모양이다. 우리말 '절하다'에서 '절'이라는 발음, '무릎'을 뜻하는 '슬(膝)'이라는 발음, '마디'를 뜻하는 '절(節)'이라는 발음은 모두 '절(卩)'이라는 글자 형태와 발음과 관계가 있다.

여기서 잠시 절(卩)자가 들어 있는 글자를 보자. 다음에 나오는 5개 글자인 즉(卽)자, 기(旣)자, 경(卿)자, 향(饗)자, 향(鄕)자에 공통으로 들어 있는 '고소할 급(皀)'자는 그릇에 맛있는 음식이 가득 담긴 모습이다. 그래서 급(皀)자는 밥상 혹은 식사로 해석이 가능하다. 이러한 사실을 이해하고 나면 위 5개 글자를 쉽게 해석할 수 있다.

곧 즉(卽)자는 밥상 앞에 사람이 앉아서 밥을 먹으려는 순간을 나타내고, 이미 기(旣)자는 밥상을 뒤로 한 채 사람이 머리를 돌려 앉은 모습으로 이는 밥을 이미 먹었다는 것을 나타낸다.

벼슬 경(卿)자의 갑골문([illegible], [illegible]), 잔치할 향(饗)자의 갑골문([illegible], [illegible]), 고을 향(鄕)자의 갑골문([illegible], [illegible])을 통해 경(卿)자, 향(饗)자, 향(鄕)자 세 개 글자는 원래 같은 의미를 지닌 글자였음을 알 수 있다. 이를 풀어 설명하자면, 같이 식사를 하는 사람들이 마을을 형성했고(鄕), 그들의 식사를 준비했던 사람은 마을에서 신망(信望)을 받는 위치에 있었던 사람이었으며(卿), 함께 식사할 때는 마치 잔치를 베푸는 듯한 광경이었다(饗)고 정리할 수 있다.

고을 읍(邑)자는 사람이 앉아서(巴) 편안히 쉴 수 있는 곳(口)을 나타낸다. 글자를 만들 당시에는 씨족마을 개념이 있었기 때문에 자신의 마을 이외에서는 편안히 쉴 수가 없었을 것이다. 그래서 편안히 쉴 수 있는 곳은 '마을'을 의미하게 되었다고 볼 수 있다.

여하튼 앞에서 설명한 글자들은 모두 꿇어앉은 절(ㄲ)자의 형태를 취하고 있다. 그렇다면 절(ㄲ)자는 무엇을 나타낼까? '절하다'를 나타낸다. 절하기 위해서는 고개를 '숙여야' 한다. '숙이다'를 제주사투리로는 '수그리다(수기리다)'라고 한다. 산스크리트어로 [gri. 그리. 기리]는 존경하기 때문에 기념하기 위해서 '고개를 숙이다, '절하다'는 의미다. 이 발음은 [gir. 기리. 길]과 같은 의미다. 이러한 내용을 통해서 '그리(기리) → 길 → 절'로 발음이 변했다고 볼 수 있다.

▶ 확 수그려라. (고개를 얼른 숙여라.)

이 외에도 많은 제주사투리는 산스크리트어와 유사하다. 이 부분에 대해서는 추후 연구 과제로 남겨두고 마지막으로 제주사투리로 쓴 시를 감상해보자.

7) 제주사투리로 쓴 시

고훈식(高薰湜) 선생님께서 제주사투리가 소멸위기에 처해 있음을 안타깝게 여겨 제주사투리로 다양한 작품을 쓰셨는데, 작품 중에서 『곤밥에 돗궤기』[18]는 제주의 청소년들이 제주사투리를 배우는데 도움이 되길 바라는 마음에서 쓰신 시집이다. 이 시집의 특징은 제주사투리로 쓴 후에 이 내용을 표준어로 옮겼기 때문에 쉽게 이해할 수 있는 것이 장점이다. 시집에 수록된 시 한 수를 여기에 옮긴다.

매기 독닥
(제주사투리)

제주도 말로 마지막은
매기 독닥이여
끝도 매기 독닥이고
아무 것도 웃다도
매기 독닥이여
두 손 페왕 손바닥 붸우민
굴으나 마나 매기 독닥
살암시민 살아진댄
눈물 줍찔멍 살다그네
눈곱앙 죽어불민
하간 것이 매기 독닥.

- 매기 독닥 -
(표준어: 맥이 끊어져 끝장나다)

제주도 말로 마지막은
모두 뚝딱이여
끝도 모두 뚝딱이고

---

18 고훈식, 『곤밥에 돗궤기』, 도서출판 국보, 2019.

아무 것도 없다도

모두 뚝딱이여

두 손 펴고 손바닥 보이면

말하나 마나 모두 뚝딱

살고 있으면 살아진다고

눈물 흘리며 살다가

눈 감고 죽어버리면

모든 것이 모두 뚝딱.

이 시를 쓴 다음에 아래와 같이 풀이했다.

제주사투리 사전에는 '매기'를 물건이 다되어 없음을 뜻하며, '매기 독닥'은 밥그릇 따위를 보이면서 아무 것도 없음을 알릴 때 쓰는 말이라고 풀이하고 있다. 틀린 풀이는 아니다. 하지만 좀 더 깊이 생각해보면 아무 것도 없다는 말을 왜 '매기 독닥'이라고 하는지 초등학교에 입학하기도 전에도 쓰던 말이라서 칠순이 가까울수록 이 말뜻이 궁금했다.

몇 년 전에 동의보감으로 유명한 조선의 명의 '허준'을 주연으로 하는 연속극을 보면서 왕실의 지체 높은 여인의 팔목에 끈을 달고 한의가 끈을 통하여 진맥하는 것을 보고 '저러다가 오진이라도 하면 끝나는 것 아냐?'고 비의학적인 관습을 어이없어 하면서 문득, '매기 독닥'이라는 제주사투리가 떠올랐다. 어릴 적에 놀 때도 마지막을 고하면서 아무 것도 없다고 할 때, 빈손이라고 손바닥을 펼쳐 보이면서 '매기 독닥'이라고 선언을 하면 서로 고개를 상하로 끄덕거리면서 상황 종료가 합의되었다.

여기서 매기는 '맥'에 주격조사를 붙인 표기의 잘못이긴 하지만 크게 탓

할 수는 없다. 원래 제주사투리는 표기문자가 아니고 표음문자이기 때문이다. 즉, 구전으로 전해 오다가 소멸위기에 이르러서 불이야, 불이야 글자로 옮기느라고 경황이 바빴다. 그러다 보니 제주사투리 표기법 총칙 제1항에서 "'한글맞춤법'에 따라 제주사투리를 소리대로 적되, 어법에 맞도록 함을 원칙으로 한다."고 명시하게 된 것이다. 그래서 소리 나는 대로 적었겠지만 여기서 맥은 맥박을 뜻하는 맥(脈)이다. 손목 진맥을 해 보니 시계초침처럼 똑딱똑딱하던 맥의 흐름이 유울하면(허약해지면서) 기운이 빠지면 된소리도 못 내고 독닥…하고 희미한 소리로 마지막을 장식하는 거다.

이 시의 포인트는 '살암시민 살아진댄 눈물 줏질멍 살다 그네 눈 곱앙 죽어불민 하간 것이 매기 독닥(살다보면 살 수 있다고 눈물 찔끔거리면서 살다가 눈 감고 죽어버리면 모든 것이 아무 것도 아니다.)이다. 결국 죽으면 끝장이라는 공수래공수거를 유별나게 표현하려고 애쓴 작품이다.

이 설명에서 한 가지 흥미로운 사실은 바로 '메(매)기'와 '독닥(똑딱)'이다. '메(매)기'란 '맥(脈)이' 일까? 제주사투리로 '메(매)기'는 '아무것도 없다'는 의미로 사용되고 있다. 예를 들면,

▶ 이서 어서? <u>메기</u>? (있어 없어? 정말 아무것도 없어?)

이 예문에서 '메기'는 '아무것도 없다'는 뜻으로 사용되고 있으므로, '매기'가 '맥+이'라는 고훈식 선생님의 분석은 생각해 볼 여지가 있다. '메기'는 아무 것도 없다는 뜻이다. 지금도 제주 사람들은 이렇게 사용하고 있다. 그렇다면 '메기'는 무엇일까? 초기 발음의 변화를 추측해보면 [멹 → 멜(멀, 몰) → 메]다.

중국어로 '있다'는 요우(有), '없다'는 메이(沒) 혹은 메이요우(沒有)라고 한다. 일몰(日沒), 출몰(出沒) 등의 단어에 쓰이는 물에 빠질 몰(沒)자는 '㳆'로 이는 소용돌이 안으로 빠져들어 허우적거리다가 물속으로 가라앉은 모습을 나타냈다. 그래서 빠지다, 사라지다, 죽다, 없다는 뜻이 생겨나게 된 것이다. '모르다' 역시 '몰'이요 '沒'이다. '沒'의 초기 발음은 [몃], [메기]다.

▶ 확 왕 <u>똑딱</u>해 줘. 왕 살려주라 게. (빨리 와서 똑딱해 줘. 와서 좀 살려 줘)

숨바꼭질 놀이. 술래는 여기 저기 숨어 있는 애들을 찾아다니다가 혹 누군가를 발견하면 곧바로 죽자 살자 지정된 장소로 달려가서 '똑~딱'이라 한다. 넌 발견되었으니 죽었다는 의미다. 이때 발견된 애는 그곳에 가서 손을 댄 후에 큰 소리로 "확 왕 똑딱해 줘"라고 외친다. 그러면 누군가가 살금살금 와서 '똑~딱'이라고 하면서 소리친 애를 만지고는 잽싸게 도망가서 다시 숨어버린다. 이건 다시 살렸다는 의미다. 똑딱! 이 소리는 우리의 삶과 죽음을 가르는 절체절명이 순간이었다. 똑딱으로 끝났다가 다시 똑딱으로 살아나는 삶. 이는 맥박 소리를 나타낸 것임이 분명하다. 그러므로 '매기 독닥'이란 '맥이 똑딱똑딱하지 않는다' 즉, 죽다, 사라지다는 의미로 보는 것이 보다 합리적이라 생각된다.

실로 신맥하는 모습　　　　　　　　숨바꼭질 모습

　이 시집을 읽으면서 나는 한참동안이나 제주사투리와 놀았다. 그 속에서 나는 우리의 옛 선인들의 삶의 모습을 그려볼 수 있었다.

　이제 나는 창힐께서 말씀해주신 소리와 사투리의 의미를 어렴풋이 느낄 수 있었다. 말소리, 선조들이 남겨준 유산 가운데 가장 위대한 유산을 사용하면서도 그 안에 담긴 의미를 되새기지 못한 채 바쁘게만 살아가고 있는 우리들. 이제 우리는 잠시 숨을 돌릴 여유를 가져야 할 때다. 그리고 선조들의 지혜를 들을 시간이다. 그들이 남겨놓은 말소리를 통해서.

이것이 글자다

....

제5장

글자의 모습에 주목하라

1. 『설문해자』, 『사기』, 갑골문과 갑골 복사, 『갑골문자전』

『설문해자』

문자학을 전공하는 대다수의 학자들은 글자의 모습을 분석해서 그 의미를 찾아내는 작업을 해 왔다. 이 작업을 가능케 해준 이유는 바로 동한(東漢)시기 허신이 110년부터 121년에 걸쳐 쓴 『설문해자』란 책이 있었기 때문이었다. 후대의 책들은 이 책을 조금씩 수정만 했을 뿐 그 내용은 대동소이했다.

시간이 흘러 20세기에 접어들면서 중국역사에서 획기적인 일이 발생했다. 그것은 바로 갑골문의 발견이었다. 이 발견은 그동안 전설로 치부되어 왔던 중국 초기의 역사인 상나라의 역사가 허구가 아니었음을 증명하게 되었다.

『사기』

중국의 역사는 사마천(司馬遷)이 지은 『사기(史記)』의 내용을 출발점으로 한다. 사마천의 아버지인 사마담(司馬談)이 처음으로 이 책을 저술했으나, 일을 완수하지 못하고 죽음을 맞게 되자 이에 분개하며 아들 사마천에게 자신의 뒤를 이어 역사책을 짓는 일을 완수해줄 것을 유언으로 남겼다.

사마천은 그러한 아버지의 유언을 받들어 계속해서 『사기』의 내용을 수정·보완해 나갔다. 그런데 기원전 99년, 사마천은 흉노에 투항한 장수 이릉을 변호하다 무제의 노여움을 사서 투옥되고, 이듬해에는 궁형에 처해졌다. 옥중에서 사마천은 고대 위인들의 삶을 떠올리면서 자신도 지금의 굴욕을 무릅쓰고서 역사 편찬을 완수하겠다고 결의하였다고 한다. 기원전 97년에 출옥한 뒤에도 사마천은 집필에 몰두했고, 기원전 91년경 이 책은 완성되었다.

사마천은 자신의 딸에게 『사기』를 맡겼는데, 무제의 심기를 거스를 만한 기술이 이 책 안에 포함되어 있었기 때문에 숨겨오다가 선제 시대에 이르러서야 사마천의 손자 양운에 의해 널리 퍼지게 되었다고 한다. 『사기』의 내용이 사실인지 여부에 대해서는 소설가 김진명 작가가 쓴 『글자 전쟁』을 읽어보면 좋을 것이다.

『사기』에는 삼황오제(三皇五帝)뿐만 아니라 중국 최초의 실존역사라 일 컬어지는 하(夏)나라와 상(商)나라에 대해 자세히 기술되어 있다. 하지만 대 부분의 학자들은 이 시기에 해당하는 유적과 유물이 발견되지 않았다는 이유로 이 두 왕조에 대한 역사를 거짓으로 치부하고 있었지만, 20세기에 갑골문이 발견되면서 상나라 유적에 대해 대대적인 발굴이 진행됨에 따라 상나라의 실체가 확인됨과 동시에 『사기』의 가치가 더욱 높아졌다. 갑골 문의 발견으로 이 책의 일정 부분 신빙성이 입증되었으므로, 이제 중국은 역사상 최초의 나라인 하나라의 실체를 규명하기 위해 그 유적지를 찾아 나서고 있다.

갑골문과 갑골 복사

거북이배껍질과 동물의 뼈에 새겨진 문자를 갑골문이라 하고, 갑골문으 로 쓰인 문장을 갑골 복사(卜辭)라고 한다. 갑골문에는 3,300년 전의 삶의 모습과 더불어 구석기와 신석기 시대의 인류의 모습이 드러나 있고, 갑골 복사에는 3,300년 전의 사회상이 담겨져 있다. 그래서 우리들은 갑골문을 통해 인류사를 확인할 수 있고, 갑골 복사를 통해 상나라의 역사를 확인할 수 있게 된 것이다. 갑골 복사에 대한 연구의 선행 과제는 바로 갑골문에 대한 연구이다.

"글자야, 글자!"

다음은 창힐께서 해 주신 말씀을 요약한 내용이다.

> 지금까지 발견된 갑골문은 대략 3,000여 자. 그 가운데 해석된 글자는
> 약 1,000여 자. 나머지 2,000여 글자는 아직도 해석을 기다리고 있다. 『갑
> 골문자전』에 감춰진 수많은 글자, 해석되기를 기다리는 그 많은 글자들은
> 우리들이 잃어버린 과거의 모습이자 미래의 모습들이다. 우리의 시각을 당
> 시의 문화 혹은 그 이전의 문화로 되돌리고, 사실에 기초해서 상상력을 넓
> 힌다면 아직 해결되지 못한 많은 부분들을 해결해 줄 수 있을 것이다.

『갑골문자전』

나는 천천히 『갑골문자전』을 펼쳤다. 여기에는 그림으로 된 수많은 글
자들이 수록되어 있는데, 문제는 『설문해자』의 체례(體例)에 따라 그 순서
대로 글자를 나열했다는 점이다.

3,300여 년 전의 문화를 간직한 갑골문은 1,900여 년 전의 문화를 담은
소전체[1]와는 여러 방면에서 다르다. 글자의 모습도 다르고, 시대도 다르며,
그 안에 담긴 문화도 다르다. 그러므로 갑골문은 갑골문에 어울리는 자전

---

1 『설문해자』의 대표자인 소전체는 대전체를 변형해서 만들었다.

을 새롭게 만들어야만 한다. 그래야만 갑골문의 체계를 올바르게 이해할 수 있게 된다. 이 문제에 대해서는 논외로 하고 우선 갑골문의 글자 체계가 얼마나 정교한지에 대해 살펴보자.

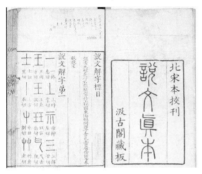

『설문해자』 첫째 부수 편   『갑골문자전』 첫째 부수 편

2. 세밀한 글자 체계 __ 마(馬), 상(象), 목(木), 철(屮), 생(生)

『갑골문자전』 속 미해결 글자들. 이 글자들은 대부분 그림으로 되어 있다. 그림이라해서 함부로 그려진 것들이 아니라 자세히 살펴보면 하나의 체계를 갖추고 있음을 느끼게 된다. 예를 들어, 아래와 같은 초기 글자를 보자.

말 마(馬)	코끼리 상(象)	나무 목(木)	싹 날 철(屮)	날 생(生)

서로 관련성이 거의 없는 그림들 같지만, 말 마(馬. 𤡮)자와 코끼리 상(象. 𧰨)자의 꼬리 부분 그리고 나무 목(木. 𣎳)자의 뿌리 부분을 보면 '𣎳'과 같은 형태로 되어있다. 그러므로 이 형태는 아래로 향한다는 의미가 된다. 그렇다면 이와 반대로 위로 향하는 그림은 '屮'처럼 되어야 한다. 그러면 철(屮. 𣎵)자와 생(生. 𤯓)자의 의미가 확연해진다. 이처럼 초기 글자들은 무작정 그려진 것 같지만 매우 체계적임을 엿볼 수 있다.

3. 갑골문의 세계

1) 암컷과 수컷 생식기 부호 _ 우(牛), 모(牡), 빈(牝), 비(匕), 야(野)

이제 갑골문의 세계로 들어가 보자. 다음 내용은 석기시대 인류문화와 갑골문 관계를 설명한 졸저 『에로스와 한자』[2]와 이와 관련된 논문들 중 일부를 추린 것이나. 여기에서 설명되는 내용들은 지금까지 해석이 분분한 글자들이므로 비판적으로 수용해야 할 필요가 있음을 미리 밝혀둔다.

---

2 김하종, 『에로스와 한자』, 문헌, 2015.

우(牛. 𤘽), 모(牡. 𤘵), 빈(牝. 𤙈)

𤘽	𤘵 𤚙 𤘵 𤙈	𤙈 𤙈
소 우(牛)	수컷 모(牡)	암컷 빈(牝)

소 우(牛)자는 뿔이 난 소를 그린 모습이다. 수컷 모(牡)자는 소 우(牛)자에 부호 'ㅗ'가 결합한 모습이다. 갑골문을 보면 소 이외의 다른 동물들(양, 돼지, 사슴)에도 부호 'ㅗ'가 붙어 있다. 그렇다면 부호 'ㅗ'는 무엇일까? '수컷'이라는 의미로 보아 수컷을 나타내는 위로 솟아오른 생식기 모습임이 분명하다. 이것을 글자로 나타내면 선비 사(士) 혹은 흙 토(土)자다. 그래서 선비 사(士)자는 초기에는 남성이란 의미로, 다시 병사란 의미로, 다시 선비란 의미로 확대되어 사용되고 있다. 흙 토(土)는 흙더미를 쌓은 모습이다. 그 모습이 볼록 솟아오른 모양이므로, 이 모습은 수컷 생식기와 일정 부분 연관되어 있다. 그러므로 고문자에서 토(土)와 사(士)는 가끔 혼용되어 사용된다.

모(牡)자의 고대 발음은 [mɯwʔ, 무], 어째서 이 발음을 했는지는 현재까지 알 길이 없다. 어쩌면 발정 난 수컷들이 암컷을 차지하기 위해 서로 돌진하면서 싸우는 모습, 그 모습이 정말로 '무섭다'에서 온 발음인지도 모르겠다.

암컷 빈(牝)자는 소 우(牛)자에 부호 'ㄑ'가 결합한 모습이다. 우선 빈(牝)자의 고대 발음은 [bjin?, 빈. 삐지]다. 산스크리트어에 [vidh, 비], [vindh, 빈], [bhuji, 뿌지] 등이 있는데 이 뜻은 '자궁', '비다', '부족', '여성의 생식기'[3]다.

'빈'이란 발음은 '비다'에서 나왔다. 비어 있어야 채울 수 있다. 영어 스펠링 'B'는 '배가 볼록 나오고 엉덩이가 펑퍼짐한 임신한 여성'을 그린 모양이고, 'V'는 비어 있는 모습인데, 이는 여성 상징인 '▽'을 간략하게 그린 모습이다. 모두 '비'라는 소리와 관련되어 있다. 이러한 내용으로 볼 때, '비' 혹은 '빈' 등의 소리는 여성과 관련되어 있음을 짐작할 수 있다.

비(匕. ㄑ)

그렇다면 빈(牝)자의 갑골문에 보이는 부호 'ㄑ'은 무엇일까? '암컷'이라는 의미로 보아 이것은 암컷을 나타내는 부호임에 틀림없다. 'ㄑ'은 도대체 어떤 모습이길래 암컷을 뜻하게 되었을까?

---

3 『동국정운 실담어 주석』: "[vidh], [vindh], [bhuji]: womb, empty, vain, destitute of, want of, lacking in, vagina". 457쪽.

갑골문	금문	소전	해서
			人 (사람 인)
			从(從) (따를 종)
			匕 (숟가락 비, 비수 비)
			比 (견줄 비)

위 글자들을 보면 '\(\curlywedge\)' 모습이 보인다. 이것은 양손을 바닥에 대고 무릎을 꿇어 엎드려 있는 모습이다. 어째서 엎드려 있는 것일까? 어떤 행위를 하기 위한 자세일까? 빈(牝)자가 '암컷'이라는 의미와 '\(\curlywedge\)'은 '사람이 엎드린 모습'으로 추론 해 볼 때, '\(\curlywedge\)'은 여성이 엎드려 있는 모습으로 추론 가능하다.

창힐은 도대체 왜 굳이 '엎드려 있는 여성'을 그려 이것을 문자로 만들었던 것일까? 아마도 이러한 행동은 여성생식기를 분명하게 보여주기 위해서 취했던 자세인 것 같다. 왜 이런 자세를 취했던 것일까? 여러 가지 이유가 있을 수 있지만 임신을 잘 할 수 있는 여성인지, 부족에 다산(多産)과 풍요(豊饒)를 선사해 줄 수 있는 여성인지를 판단하기 위해서였을 가능성을 배제할 수 없다. 왜냐하면 그러한 여성만이 부족의 안녕과 번영을 책임질 수 있을 테니까.

만일 이러한 추론이 타당하다면, 모계씨족사회에서 남성들은 여성을 위해 풍부한 영양분을 책임지는 의무뿐만 아니라 마을의 번영을 책임질 수 있는 여성을 선택할 수 있는 권리를 가졌다고도 볼 수 있다. 왜냐하면 남성들은 그들이 원하는 여성을 우두머리로 선택해야만 그녀에게 모든 것을 바칠 수 있었기 때문이다. 이런 사실을 알아차렸는지 허신은 "匕(비)자는 서로 나란히 견주어 차례를 정한다는 뜻이다. 이 글자는 인(人)을 좌우로 바꾼 모양이다."[4]라고 풀이했다. 그렇다면 비교할 비(比)자는 여성들을 모아 여성의 우두머리가 될 수 있는지 여부를 비교하는 것을 나타낸 글자고, 이 차(此)자는 여성이 엎드려 있는 곳(匕)으로 걸어가는 것(止)을 나타낸 글자임을 짐작할 수 있을 것이다.

야(野. 林)

들 야(野)자에는 어떤 문화가 숨어 있을까?

갑골문	금문	소전	해서
林	林	野	野 (사람 인)

---

4 『설문해자』: "匕, 相與比敍也. 從反人."

갑골문과 금문의 형태와 소전의 형태는 확연하게 다르다. 어째서 이러한 현상이 나타났을까? 이에 대해 간단하게 알아보자.

갑골문과 금문을 보면 들 야(野)자는 수풀 림(林)과 부호 'ㅗ'가 결합해서 만들어진 글자다. 앞에서 이미 언급했듯이 부호 'ㅗ'는 '수컷생식기'를 나타내는 부호다. 원시사회에서는 여성들은 마을에서 아이를 양육했고 남성들은 마을 근처의 숲에 나가서 사냥을 했다. 그러므로 들 야(野)자는 '아무것도 걸치지 않은 남성(ㅗ)들이 사냥하기 위하여 돌아다니는 숲속(林)'을 나타낸다.

물론 들 야(野)자를 흙(ㅗ) 위에 나무들(林)이 우거진 곳으로도 해석이 가능하다. 숲속에 거주하던 인간들은 농업과 사육을 하기 시작하면서 숲을 밭으로 일궜다. 이것이 바로 소전에서 '林'자가 밭 전(田)자로 바뀐 이유다. 여기에 흙 토(土)가 결합하여 들 야(野)자의 왼쪽 부분인 마을 리(里)자가 탄생했다.

리(里)자의 형태를 통해 우리들은 초기에 마을이 형성되기 위한 조건은 잘 개간된 밭이었음을 알 수 있다. 리(里)자에 소리를 나타내는 여(予)자가 결합되어 들 야(野)자가 만들어졌고 오늘에 이르고 있다.

인구가 많아지면 밭도 많이 필요하고, 밭이 많아지면 그에 따라 노동력도 더 많이 필요하다. 초기 노동력은 노예들로 충당했다. 이제부터 노예의 삶에 대해 살펴보자.

2) 여성 노예의 삶 __ 노(奴), 첩(妾), 신(辛), 동(童)

노(奴. 😊)

글자에 나타난 노예의 모습은 어떤 모습일까? 이제 노예와 관련된 글자들을 하나씩 분석해보자.

노예 노(奴)자를 설명하기 위해서는 또 우(又)자를 먼저 설명해야 한다. 이 글자는 다른 글자와 결합하면 '손'을 뜻한다. 손과 관련된 글자로는 다섯 손가락을 그린 손 수(手) 뿐만 아니라 扌, 爪, 爫, 又, 𠂇, 寸, 彐 등은 모두 손을 나타낸다. 예를 들면, 친구를 뜻하는 벗 우(友)자는 손(𠂇)과 손(又)이 결합된 형태로, 이는 손과 손이 서로 맞잡은 모습을 나타낸다. 이 분석에 따르면 벗(友)이란, 상대가 힘들었을 때 그의 손을 따뜻하게 잡아 다시 일어설 수 있도록 도와주는 사람을 말한다.

다른 예를 들면, 오른쪽이란 원래 오른쪽 손이 있는 방향을 나타낸다. 그렇다면 옛 선인들은 오른손과 왼손을 어떻게 구분했을까? 그들은 오른쪽(오른손) 우(右)자와 왼쪽(왼손) 좌(左)자로 구분했다. 오른손으로 밥을 먹기 때문에 손(𠂇)과 입(口)을 결합시켜 우(右)자를 만들었고, 왼손잡이는 물건을 만드는 등 다양한 재능을 가지고 태어났기 손(𠂇)과 물건을 뛰어나게 만드는 장인(工)을 결합시켜 좌(左)자를 만들었다. 여하튼 손과 관련된 글자들(手, 扌, 爪, 爫, 又, 𠂇, 寸, 彐)을 알면 많은 글자들을 해석할 수 있다.

다시 본론으로 돌아와서, 노예 노(奴)자는 손(又)으로 여성(女)을 붙잡은 형상이다. 고대 발음은 [nag, 낙], [naa, 나]다. 이 발음은 '낚다', '낚아채다' '납치하다'의 발음과 관련 있어 보인다.

족외혼 시절, 여성을 납치해오기 위해서는 우선 다른 부족으로 쳐들어 가야 했다. 부족 간 전쟁의 승패에 따라 승자는 패한 부족의 모든 남성들을 죽인 후 여성들과 아이들을 데리고 왔다. 간혹 아이들까지 죽이고 여성들만 데려오기도 했다. 이제 패한 부족의 여성들은 승리를 거둔 부족의 전리품이 되어 생산 활동에 종사하게 되었다. 여기서 생산 활동이란 주로 아이를 출산하는 활동을 말한다.

중요한 점은 다른 부족의 여성을 차지하기 위해 목숨까지도 불사했다는 점이다. 노(奴)자가 결합된 글자들을 보면 노(奴)자의 의미가 더욱 분명하게 드러난다. 예를 들면, 노력할 노(努)자는 여성을 납치하기 위해(奴) 힘을 기르다(力)라는 의미다. 요즘 우리들은 노력(努力)이라는 단어를 너무도 쉽게 사용하고 있다. 목숨도 불사하겠다는 마음가짐과 행동이 바로 노력이라는 단어에 숨겨진 의미라는 점을 명심하자. 그리고 그러한 마음과 행동으로 노력을 기울이자.

또 다른 예를 들면, 분노할 노(怒)자는 노예로 끌려오는(奴) 여성들의 마음(心)이다. '怒'자의 산스크리트어는 [rod, 노]로 '미치다, 미쳐 날뛰다, 멸시하다'는 의미다.[5] 글자 하나하나에 숨겨진 의미들을 자세히 분석해 나간다면,

---

5 『동국정운 실담어 주석』: "[rod]: cause to be mad, crazy, excited, despise". 327쪽.

우리들은 기억의 저편으로 사라져버린 새로운 세계를 보게 될 것이다.

첩(妾. 舂), 신(辛. 辛)

노예로 끌려온 여성은 첩(妾)이 되었다. 고대 발음은 [tshjep, 첩], [tshjap, 찹]이다. 이 발음 가운데 [첩]은 '잡다, 잡히다, 착찹하다'의 발음과 관련 있어 보이고, [첩]은 '마주 접하다'의 발음과 관련 있어 보인다. 첩(妾)자는 '立'과 여성(女)자가 결합한 모습이다. 여기에서 '立'은 무엇일까? 대다수의 사람들은 이것을 설 립(立)으로 알고 있지만 사실 그렇지가 않다. 다음 그림을 통해 '立'이 무엇을 의미하는지 살펴보자.

갑골문	금문	소전	해서
 舂	 舂	 舂	妾 (첩 첩, 계집종 첩)
 辛	 辛	 辛	辛 (매울 신)

위 그림을 통해 첩(妾)자는 '신(辛)'자와 '녀(女)'자가 결합한 글자임을 확인할 수 있다. 그렇다면 신(辛)이란 무엇일까? 첫 번째 뜻은 여성(▽)이 출산하는(Y) 모습이다. 이러한 사실을 반영하는 글자는 새로울 신(新)자와 친

할 친(親)자다. 신(新)자는 여성이 출산한 후 탯줄을 자른 모습 즉, 새로운 생명이 탄생한 모습을 나타낸 글자이며, 친(親)자는 여성이 출산하는 모습을 옆에서 지켜보는 가족을 나타낸 모습이다.

두 번째 뜻은, 문신을 새기는 도구를 그린 모습이다. 대다수의 학자들은 고대 중국에서는 노예로 잡은 여성의 얼굴에 문신(文身)을 새기고 첩으로 삼았기 때문에 첩(妾)자를 문신을 새기는 도구(辛)와 여성(女)이 결합하여 이루어진 글자라고 풀이했다. 이러한 해석에 따르면, 문신은 노예주와 노예를 구분하는 표시로 볼 수 있다. 어째서 문신의 유무가 노예주와 노예를 구분하게 되었을까? 이 문제에 대해 더욱 심층적으로 파악하기 위해서는 문신의 풍습에 대해 알아 볼 필요가 있다.

현재 중국 운남성(雲南省) 서부에 독룡족(獨龍族)이라 불리는 소수민족이 생활하고 있다. 이 부족 여성들 가운데 유독 할머니들의 얼굴에만 용(龍)문신이 새겨져 있고 젊은 여성들의 얼굴에는 문신이 새겨져 있지 않다. 이는 중국정부가 문신을 하는 것을 좋지 못한 풍속으로 여겨 독룡족의 젊은 여성들이 문신하는 것을 불허(不許)했기 때문이다.

몇 해 전 할머니들께 얼굴에 문신을 한 이유를 여쭤보니 "무섭고 못생긴 얼굴은 우리 부족 남성들을 제외한 다른 모든 부족 남성들이 싫어합니다. 우리가 얼굴에 문신을 새기면 새길수록 그들은 더더욱 우리를 싫어하기 때문에 문신 자체가 우리를 보호해주는 역할을 합니다. 얼굴에 용 문신을 새기는 이유는 우리 부족은 용을 섬기기 때문입니다. 그러므로 용은 그리고 문신은 우리를 적으로부터 보호해 주는 역할을 합니다."라고 대답했다. 힘이 없는 여성들이 건장한 남성들을 피하기 위한 방법이 바로 문신이었던 것이다. 이러한 예로 볼 때, 자신의 부족을 대표하는 문양을 새긴 문신은 자신을 보호하고 자신의 부족을 유지시켜주는 수호신 역할을 했다고 볼 수 있다.

중국 독룡족 문신을 한 할머니 모습

하지만 모든 부족이 문신을 새긴 것은 아닌 듯하다. 문신은 다른 부족보다 상대적으로 세력이 약한 부족들이 했던 것 같다. 강한 부족이라면 굳이 문신을 하지 않아도 부족민들(특히 남성들)의 보호를 받을 수 있었을 테니까. 그러므로 세력이 강한 부족들은 밖으로 나와 넓은 평원을 무대로 생활했고 상대적으로 세력이 약한 부족들은 산속으로 들어가 생활하게 되었던 것이다. 이렇게 추론해 볼 때, 첩(妾)이란 문신을 하지 않은 강한 부족이 문신을 한 약한 부족의 여성을 잡아와 노예로 삼은 것으로 볼 수 있다. 이렇게 함으로써 문신은 노예를 의미하게 되었다.

죄를 지은 사람들 역시 노예가 되었다. 그래서 죄인들에게 문신을 새김으로써 일반인과 죄인을 구분하는 문화가 생겨난 것으로 유추해 볼 수 있지 않을까? 그래서 신(辛) 혹은 그 변형인 '立'자가 결합된 글자들은 '죄'와도 관련되었던 것이다. 예를 들면, 허물 고(辜)자, 허물 죄(辠)자, 재상 재(宰)자 등이 그것이다.

첩(妾)자가 결합한 글자 중에 사귈 접, 교제할 접(接)자가 있다. 접(接)자는 손(扌)으로 첩(妾)을 만지는 것을 나타낸 글자다. 사람과 사람이 서로 사랑을 나누는 것은 접합(接合)이요 교접(交接)이고, 나무와 나무를 서로 결합시키는 것은 '접(椄)붙이다'라고 한다. 이러한 글자를 통해서 첩(妾)은 일을 시키기 위한 노예가 아니라 사랑을 나눌 대상으로서의 여성 노예였던 것임을 유추해 볼 수 있다.

동(童. 𡔖)

아이 동(童)자는 첩의 자식을 말한다. 어째서 이 글자가 첩의 자식을 의미하게 되었을까?

갑골문	금문	소전	해서
𡔖	𡔖	𡔖	童 (아이 동)

동(童)자는 노예 부호인 신(辛)의 변형인 '立'과 무거울 중(重)자가 결합한 글자다. 중(重)자는 임신한 여성을 사실적으로 그렸다. 어떤 신분의 여성일까? '立'자의 의미로 볼 때, 이는 죄를 지은 여성 즉, 첩을 말한다. 첩이 임신해서(重) 낳은 자식(辛)이 바로 동(童)자다.

고대인들은 일반적인 자식(子)과는 신분이 다른 자식을 나타내기 위해 아이 동(童)자를 만들어 낸 듯하다. 동경(憧憬)하다에서 동(憧)자는 그리워할 동(憧)자다. 이 글자는 첩이 자식을 가지고(童) 싶은 마음(忄) 또는 자식을 빼앗긴 첩이 그 자식을 그리워하는 마음을 묘사한 것으로 볼 수 있다.

이처럼 글자 자체를 분석해도 당시의 문화를 엿볼 수 있다. 글자의 분석은 우리들이 잃어버린 문화를 찾아가는 방법 가운데 하나이다.

3) 신이 된 여성 __ 불(不), 제(帝)

불(不. 𣎴)

석기시대의 여성의 모습은 어떠했을까? 이제 아닐 불(不)자를 통해 여성들의 삶을 살펴보자.

갑골문	금문	소전	해서
𣎵	𣎵	𣎴	不 (아닐 불)

초기 글자인 갑골문과 금문에 공통적으로 보이는 모습은 역삼각형(▽). '▽'은 무엇일까? 이것은 여성생식기 모습을 가장 간단하게 그린 모습이다. 그러면 '▽' 밑에 있는 'ⵀ'은 무엇을 나타낸 것일까? 다음 그림은 선사 예술 연구 분야에서 뛰어난 업적을 남긴 엠마누엘 아나티(Emmanuel Anati)의 『예술의 기원』[6]에 실려 있는 바위그림이다.

그는 위 바위그림에 들어 있는 '◁, ◉, ▭' 등 세 개의 부호를 여성상징으로 해석하였음은 물론 특히 불(不)자의 그림문자(ⵀ)와 비슷한 'ⵀ'는 고대 수렵인의 예술 작품에 널리 사용되었던 여성생식기를 상징하는 글자라

---

6 엠마누엘 아나티 지음, 이승재 옮김, 『예술의 기원』, 바다출판사, 2008.

고 했다. 아나티의 견해에 입각해서 갑골문의 '𝕏'을 해석하면, 이는 월경으로 볼 수 있다.

고대에는 월경 중인 여성을 어떻게 대했을까? 몇 해 전에 "네팔에서 생리 중인 여성을 격리하는 '차우파디' 관습 때문에 여성이 사망하는 사건이 일어났다." "네팔, 생리기간 격리 '차우파디'에 18세 여성 사망 논란" 등과 같은 제목의 뉴스가 독자들의 공분을 산 적이 있었다.

차우파디 공간   차우파디에서 홀로 지내는 여성

최근까지도 이러한 문화가 있나는 사실이 놀랍기는 하지만 미국에서도 이러한 문화가 있었다는 사실을 영국의 인류학자이자 민속학자인 프레이져(Sir James George Frazer)의 『황금가지(The Golden Bough: A Study in Magic and Religion)』[7]에서 찾아 볼 수 있다. 그의 설명에 따르면, 월경은 대체로

---

7 J. 프레이져 저, 장병길 역, 『황금가지』, 삼성출판사, 1994.

인간의 신체에서 배설되는 더러운 것, 부정한 것으로 간주되어 부정하게 인식되는 것이 일반적이고 이에 대한 부정시(不淨視)는 세계 보편적인 현상으로 보았다. 선사시대의 인류 문화에 대해 연구한 다른 학자들 역시 이 견해에 동의했다.

하지만 이러한 설명에 의하지 않아도 우리들은 약간의 상상력을 발휘한다면 원시 사회에서 월경 중인 여성을 마을에서 격리했던 이유를 유추해볼 수 있다. 당시 인간들은 다른 동물들과 마찬가지로 육감이 매우 뛰어났다. 인간들 역시 멀리에서도 동물의 피 냄새를 맡을 수 있었다. 그래서 다른 육식 동물의 습격을 받고 피를 흘리는 동물들을 쉽게 사냥할 수 있었다. 이러한 사실은 TV를 통해서도 쉽게 확인할 수 있다. 이와 반대의 상황도 마찬가지다. 즉, 육식 동물들 역시 인간이 흘리는 피 냄새를 쉽게 맡을 수 있었다. 이 경우, 피를 흘리는 사람들을 마을 밖으로 옮기는 것은 비정한 듯 보이지만 마을의 안녕을 위해서는 절대적으로 필요한 일이었다. 즉, 자신뿐만 아니라 마을의 안녕을 위해서 피를 흘리는 사람들에 대해 생기는 싫어하는 감정은 어쩔 수가 없었다. 그리하여 월경 중인 여성에 대해서 생기는 부정적인 감정은 인류 보편적인 감정이었음은 재론의 여지가 없어 보인다.

불(不)자의 초기 발음은 [piə, 피어], [piət, 피얼] 등이다. '不'은 초기에 [피], [피얼]로 발음되었다는 사실은 우리들에게 많은 의미를 전해준다. 첫째, 불(不)은 '피'다. 둘째, [피하다]와 관련되었다. 셋째, [피얼]은 [피 혈]이다. 즉, 피와 혈은 발음 [피얼]에서 나온 원래는 같은 소리다.

여하튼 '不'의 발음을 통해 우리들은 '피'와 '피하다'는 불가분의 관계가 있음을 엿볼 볼 수 있다. '不'은 초기에 월경 중인 여성을 사실적으로 묘사한 글자였으나 그러한 여성은 피해야만 하는 존재이기 때문에 '不'자는 후에 부정의 의미로 쓰이게 되어버렸다. 이에 월경을 그린 불(不)자의 원래 의미를 되살려주기 위해 피 혈(血)자를 결합하여 월경혈 배(衃)자를 새롭게 만들게 되었던 것이다.

불(不)과 관련해서 비(丕)라는 글자가 있다. 이 글자는 월경(不)이 멈추다(一)는 의미다. 월경이 멈췄음은 일반적으로 임신했다는 의미가 된다. 그래서 비(丕)자는 (아이가 엄마의 뱃속에서) 자라다는 의미가 된 것이다. 초기 발음은 [phr, 프르], [phrɯ, 푸루]. 이것은 배가 '부르다', 배가 '볼록(불룩)하다'와 유사한 발음이다. 아이를 밸 배(肧)자의 초기 발음은 [phlɯɯ, 풀루], [phɯɯ, 푸우]다. 이것 역시 '(배가)부르다'의 의미와 매우 유사하다. 이러한 사실들을 통해 볼 때, '不'자의 문화는 여성의 임신과 불가분의 관계가 있음을 부정할 수 없을 것이다.

TV를 통해 방영되는 원시 인류의 생활 가운데 부족 구성원들에 대한 부분은 우리들에게 많은 상상력을 제공해준다. 당시 부족들은 어린 애들과 풍만한 여성들 그리고 호리호리한 근육질의 남성들로 구성되었다. 어째서 이런 구성이 생겼을까? 당시는 유아 사망률이 높았으므로 여성들은 마을의 안녕을 위해 늘 임신을 해야만 했다. 그래서 여성들은 풍만한 모습일 수밖에 없었다. 이에 비해 남성들은 임신한 여성들에게 충분한 영양을 제공하기 위해 사냥에 전념해야만 했으므로 호리호리하지만 근육질의 튼튼한 몸이 될 수밖에 없었던 것이다.

가임기를 지난 여성은 비록 월경을 하긴 했으나 임신을 할 수 없는 상태에 이르면 남성들로부터 충분한 음식을 제공받을 수가 없었다. 지금껏 월경을 경험해보지 못한 그녀는 차츰 두려움에 떨었고 몸에서 빠져나가는 피를 보면서 죽음을 느끼게 되었다. 지금까지 다산(多産)으로 마을의 추앙을 받던 여성일지라도 임신을 못하는 상황에 처하자 그녀는 부정한 여성으로 간주되었고, 또한 그녀가 월경혈까지 흘리는 지경에 이르자 부족민들은 그녀를 피해야 할 존재로 여겨 마을 외곽에 데리고 가서 홀로 남겨두었다. '피'란 죽음을 의미했다. 사냥에서 돌아온 남성들이 그녀가 어디로 갔는지 물어보게 되었고, 부족민들은 [피], [피얼], [펼], [혈] 등의 소리와 함께 그녀의 상황을 '[illegible]'처럼 그림으로 그렸던 것이다.

제(帝. [illegible])

홀로 남겨진 나이든 여성은 그녀의 생사를 온전히 자연에 맡겨진 채 외롭게 싸워 버텨내야만 했다. 월경이 멈춘 후 자신에게 어떠한 변화도 없음을 알고 다시 부족으로 돌아갔는데, 부족 사람들은 그녀를 매우 신기하게 대했다. 그녀를 통해 매월 반복되는 월경혈의 신비로움을 느낀 그들은 차츰 여성의 생리를 이해하게 되었고, 월경혈에 대한 두려움이 사라지게 되었다. 두려움이란 무지에서 시작되는 것이다. 마을로 내려온 여성은 혹독한 두려움을 이겨낸 존재로 인식되어 차츰 부족민들의 추앙을 받게 되어 결국 마을의 수호자로 받아들여지게 되었다. 그러면서 '不'은 신성한 그림이 되었다. 이것을 나타낸 글자가 바로 임금 제(帝)자다.

갑골문	금문	소전	해서
夊	夊	夼	不 (아닐 불)
枼枼	枼	帝	帝 (임금 제)

불(不)자와 제(帝)자의 차이점은 가운데 부호 '╼'의 유무이다. 갑골문에서 부호 '╼'는 '좌우 연결'을 뜻한다. 많은 자손을 낳아 부족민들을 이전 세대에서 다음 세대로 연결시켜주는 자가 바로 제(帝)의 본래 의미다. 그러므로 초기의 임금이라 불리던 사람은 여성이었을 가능성이 높다. 점차 그녀는 부족민들의 이야기 대상이 되었고, 그녀가 사라졌음에도 늘 그녀의 이야기가 후대로 전해지게 되었다. 그리하여 마침내 그녀는 신이 되었고 신화의 주인공이 되었다.

4) 신 ＿ 신(丨), 신(申), 신(神), 뢰(雷, 畾), 전(電), 량(良), 수(壽)

고대인들의 삶에서 '신'은 빼놓을 수가 없다. 신은 실체가 있을까? 신의 실체를 찾아 신을 그린 글자의 세계로 들어가 보자.

글자 발음 중에서 '신'으로 발음되는 글자에는 아홉째 지지 신(申), 펼 신(伸), 귀신 신(神), 매울 신(辛), 새로울 신(新), 다섯째지지 신(辰), 새벽 신(晨),

임신할 신(娠), 몸 신(身), 믿을 신(信), 세울 신(ㅣ) 등이 있다. 이 글자들 가운데 신(辛)자와 신(新)자는 '새로운 생명의 탄생'과 밀접한 관계가 있음을 이미 확인했다. 게다가 임신할 신(娠)자에서 보듯이 '辰'자는 생명임을 엿볼 수 있다. 신(辰)자와 신(晨)자가 어떠한 의미를 지니게 되었는지에 대해 본서 4장에 이미 설명했으니 참고하면 될 것이다. 이제 나머지 글자들에 대해 살펴보자.

신(ㅣ)

하나, 'ㅣ'자의 발음은 세 가지다. 이 세 가지 발음은 우리에게 많은 것을 시사해 주기 때문에 이에 대해 분명하게 할 필요가 있다.

허신은 "'곤(ㅣ)'자는 위아래 서로 통하는 것을 뜻한다. 위로 끌어당겨 올리면 '신'으로 읽고, 아래로 끌어당겨 내리면 '퇴'로 읽는다."[8]라고 했다. 이 설명에서 우리들은 'ㅣ'은 '곤, 신, 퇴' 등 세 개의 발음이 있고 각각의 음에 각각의 의미가 담겨 있음을 발견할 수 있다. 즉, '곤'으로 읽으면 '서로 통하다'는 뜻이고, '신'으로 읽으면 '위로 올라가다'는 뜻이며, '퇴'로 읽으면 '아래로 내려오다'는 뜻이다. 따라서 'ㅣ'은 위아래로 안팎으로 자유자재로 왔다 갔다 할 수 있는데, 들어갔다 나왔다 반복하는 동작을 '곤'으로 발음해야 함을 보여준다.

---

8 『설문해자』: "ㅣ, 上下通也. 引而上行讀若囟, 引而下行讀若退."

이 설명을 통해 여러분들은 어떤 사물이 연상되는가? 혹시 남성생식기가 떠오르지 않는가! 커지면 위로 솟아오르는데, 이 경우는 '곤'으로 읽어서는 안 되고, 반드시 '신'으로 읽어야만 한다. '신'이 되어야만 자궁으로 들어가 생명을 넣어 줄 수 있다. 이런 의미에서 볼 때 '신'은 곧 생명의 시작이라고 할 수 있다. 생명을 주기 위한 반복적인 행동은 '곤'이고, 생명을 준 다음에 다시 원래 상태로 돌아온 것이 '퇴'다. 'ㅣ'의 초기 발음은 [kuun?, 쿤, 큰]이다. 이 발음은 [크다]와 연관 있어 보인다. 커져야만 신이 될 수 있고, 신이 되어야만 생명을 잉태 시킬 수 있게 되기 때문이다.

신(申. ζ)

둘, 아홉째지지 신(申), 귀신 신(神), 우레 뢰(雷, 靁), 번개 전(電), 어질 량(良), 목숨 수(壽) 등 여러 글자는 겉으로 보기에는 관련이 없어 보이지만, 다음 그림들을 보면 이 글자들의 갑골문에는 공통적으로 'S' 모양이 들어 있음을 확인할 수 있다. 'S' 모양은 무엇일까? 앞에서도 언급했듯이 'ζ'은 여성이 양 손과 무릎을 땅에 대고서 엎드린 모습이다. 'ζ'와 그 반대 모양인 'ζ'이 서로 결합된 형태가 신(申)자의 갑골문 형태(ζ)다. 이 모습은 남녀가 서로 사랑을 나누는 모습으로 해석이 가능하다. 사랑 → 새로운 생명의 탄생, 이것이 신(申)의 본질임을 우리들은 갑골문의 형태를 통해 확인할 수 있다.

신(神. 🐌), 뢰(雷, 靁. 🐛), 전(電. ☁)

　'🐌'을 간단하게 나타낸 것이 바로 '乙, S'형이다. 허신은 "신(申)이 곧 '신(神)'이다. 이 글자는 절구(臼)와 절굿공이(丨)가 결합한 모습이고, 절굿공이(丨)의 발음은 '자지'다."[9]라고 했다. 이 해석에 따르면 '申'은 곧 성교이고 이 자체가 바로 '神'이라는 것이다. 그는 비록 갑골문을 본 적은 없었지만 그의 해석은 놀라우리만큼 정확하게 예측했다.

우리나라 민화에 자주 등장하는 절구와 공이는 남녀가 서로 사랑을 나누는 모습을 상징함

9 『설문해자』, "申, 神也. 七月, 陰气成, 體自申束. 從臼, 自持也."

다음 글자를 보면 신(申)과 신(神)은 원래 같은 글자였음을 확인할 수 있다. 신(神)자는 제사나 귀신과 관련된 시(示)자에 '신(申)'자가 결합된 글자다. 즉, 사랑과 새 생명을 점지해주는 능력을 가진 자가 신(神)임을 고대인들은 믿었다. 뿐만 아니라 다음 글자들을 보면 우레 뢰(雷, 畾)자, 전기 전(電)자에도 음양의 조화(乙. 神)를 나타내는 그림이 들어있는데, 이를 통해 번개(電)와 천둥(雷) 그리고 비(雨)는 신이 만물을 움트게 하는 행위임을 엿볼 수 있다. 만물은 신의 조화에 의해 탄생하는 것이다.

갑골문	금문	소전	해서
			申 (아홉째 지지 신)
없음			神 (신 신)
			雷(畾) (우뢰 뢰)
없음			電 (번개 전)
			良 (어질 량, 좋을 량)
없음			壽 (목숨 수)

량(良. 𠱃)

어질 량(良)자의 갑골문 모습(𠱃) 역시 사랑을 나누는 장면을 그린 글자
다. 어떤 사랑을 나누는 장면일까? 파도 랑(浪)자, 목이 쉴 량(喕)자, 이리
랑(狼)자 등을 통해 량(良)자는 거칠게 사랑을 나누는 장면임을 추론할 수
있다. 거친 사랑을 나눈 후에는 몸은 피곤하지만 정신과 마음이 맑아짐을
느낄 수 있기 때문에 량(良)자에 '맑다, 밝다'는 의미도 숨겨놓았다. 예를
들면, 밝을 랑(朗), 밝을 랑(㮾), 밝을 랑(喕), 빛 밝을 랑(烺) 등이 그것이다.

수(壽. 𠷎)

목숨 수(壽)자의 금문 형태(𠷎)는 늙은 모습을 상징하는 로(老. 𠳵)자와 사
랑을 나누는 모습이 결합한 글자로, 이는 오랫동안 사랑을 나누다란 의미
와 깊은 관련이 있다. 수(壽)자가 결합된 글자들을 보자. 기도할 도(禱)자는
오래도록 사랑을 나눌 수 있는 짝을 점지해 달라고 신에게 기도하는 것을
나타낸 글자라고 볼 수도 있고, 건강하게 오래도록 살고자 하는 바람을
신에게 기도하는 것을 나타낸 글자로도 볼 수 있다. 근심에 잠겨 괴로워할
주(燾)자는 오래도록 사랑을 나누고 싶지만 짝이 없기 때문에 몹시 괴로워
하는 모습을 나타낸 글자다.

수(壽)자의 초기 발음은 [i̯ŭg, 죽], [djəgwh, 쥑]이다. 이 발음은 [죽음]
의 [죽]과 너무 닮아 있다. 어쩌면 너무 지나치게 오랫동안 사랑을 나누게

되면 몸이 허약해지고 더 심한 경우 생명에 지장을 줄 수도 있기 때문에 이 발음을 했는지도 모르겠다. 발음은 '죽 → 주 → 수'로 변했다.[10]

신(身 . 身)

셋, 마지막으로 '신'으로 발음되는 몸 신(身)자와 믿을 신(信)자를 보자. 이 책을 여기까지 읽은 독자들은 신(信)자의 의미를 유추할 수 있을 것이다. 본서 3장에서 이미 설명했듯이, 언(言)은 신께 바치는 말씀 혹은 신이 들려주는 말씀이므로, 신(信)자는 신의 말씀(言)에 대한 인간(亻)의 맹목적인 믿음을 나타낸다.

신의 조화로 인간은 새로운 생명을 잉태하게 된다. 그러한 사실을 보여주는 글자가 바로 몸 신(身)자다. 이 글자는 배가 볼록 솟아오른 모양, 배 안에 새로운 생명이 들어 있는 모양을 보여준다.

갑골문	금문	소전	해서
身	身 身	身	身 (몸 신)

---

10 j(주) ↔ s(수). 다른 예를 들면, '술 → 수 ↔ 주'로 발음이 변한다.

지금까지 고대인들의 삶을 관장했던 '신'의 모습에 대해 초기 갑골문을 통해 살펴봤다. 신은 인간을 포함한 만물의 탄생을 주관했다. 고대인들은 그러한 능력을 지닌 신께 맹목적인 믿음을 보여주었고, 그로 인해 신의 사랑을 받아 새 생명을 잉태하게 되었다.

5) 앉았던 흔적 __ 되(自), 사(師), 추(追), 관(官), 귀(歸)

원시 부족들은 사냥을 통해 삶을 이어나갔고, 신의 은혜로 인구가 늘어났다. 늘어난 인구로 인해 먹을거리가 부족해지고 또한 자연환경의 변화로 사냥감이 부족해지자 부족 간 싸움을 통해 지속적으로 삶을 이어나갔다. 농경이 시작되면서 차츰 정착생활을 하게 되었고, 동시에 동물의 사육도 시작되었다. 늘어난 인구를 해결하기 위해서는 대규모로 농사와 사육을 해야만 했다. 이를 위해서는 새로운 노동력이 필요했고, 노동력 확보를 위해 옆 부족을 침략해서 그들을 포로로 데리고 올 수밖에 없는 지경에 이르렀다.

되(自. 𠂤), 사(師. 𠂤), 추(追. 𠂤), 관(官. 𠂤), 귀(歸. 𠂤)

사냥을 하기 위해서는 사냥감을 쫓았고, 사람들을 잡아오기 위해서는 사람들의 흔적을 쫓았다. 그들은 무엇을 통해 사람들의 흔적을 발견했을까? 이에 대한 실마리를 풀기 위해서 우선 되(自)자, 스승 사(師)자, 추적할 추(追)자, 벼슬 관(官)자, 돌아갈 귀(歸)자를 보자. 이들 글자에 공통적으로 들어있는 글자가 바로 되(𠂤)자다. 이것은 어떤 것을 그린 글자일까?

갑골문	금문	소전	해서
			𠂤 (엉덩이 퇴)
			師 (스승 사)
			追 (쫓을 추)
			官 (벼슬 관)
			歸 (돌아갈 귀)

'𠂤'자의 갑골문 형태를 '〰'처럼 가로로 변형시켜보면[11] 그 모양은 엉덩이 모습과 매우 유사하다. 이를 최초로 주장한 학자는 가등상현(加藤常賢)이고, 이 주장을 글자 형태 측면에서 연구·발전시킨 학자는 서중서(徐中舒), 발음 부분을 연구한 학자는 구석규(裘錫圭)다. 하지만 인류문화학적으로 이를

---

11 갑골문은 거북이배껍데기와 동물의 어깨뼈에 새겨진 문자다. 이처럼 특수한 재료에 많은 문자를 새기기 위해 세로로 써 내려갔고 또한 문자 자체도 세로로 변형시켰다. 그러므로 일부 문자들은 원래 상태(가로의 모습)로 되돌려놓으면 쉽게 이해할 수 있다. 예를 들면 눈 목(目)자, 어미 모(母), 계집 녀(女)자가 그것이다. 본서 제3장 조(兆)자 설명 참고.

언급한 학자들은 아직까지는 없는 것이 현실이므로 여기에서는 인류문화학적인 측면에서 따져보자.[12]

석기시대 사람들은 맨 몸으로 생활했던지 혹은 앞만 가리고 생활했기에, 일을 하다가 혹은 쉬다가 땅에 그대로 앉으면 엉덩이 모습이 땅바닥에 고스란히 남게 되었다. 사냥을 하러 나간 사람들이 앉아 쉬었던 장소에도 엉덩이 흔적이 남아 있고, 전쟁을 나갔던 사람들이 휴식을 취했던 곳에도 엉덩이 흔적이 남아 있었다. 땅 위에 남겨진 엉덩이 흔적을 그린 것이 바로 '𠂤(𠂤)'다. 동물의 발자국을 쫓는 것을 축(逐)이라 하고, 인간의 흔적을 쫓는 것을 추(追)라고 한다. 그래서 추(追)자에 '엉덩이 흔적(𠂤)'이 들어있게 된 것이다.

전쟁에 참여했던 군인들이 앉아서 쉬던 곳을 '𠂤'자로 나타냈다.[13] 군인들의 안전을 책임지는 역할은 사(師)가 맡았다.[14] 군인들은 자신들의 안전을 위해 움막을 짓고 그곳에서 생활하게 되었다. 이러한 상황을 묘사한 글자가 관(官)자다. 이곳에 남겨진 흔적은 적에게 기회를 주기 때문에 늘 관리해야만 했다. 만일 흔적이 남겨져 있다면 이곳에 돌아와 다시 흔적을

---

12 졸고, 「한자 𠂤(되)자 본의 연구」, 2016.
13 𠂤: 이 글자는 현재 쓰이지 않지만, 갑골문에서는 '군대가 주둔하다'는 의미로 사용되었고, 금문에서는 '군대가 멈추다'는 의미로 사용되었다.
14 스승 사(師)자는 엉덩이 되(𠂤)자와 두루 잡(帀)자가 결합한 글자다. 잡(帀)자는 갑골문에 쓰인 예가 많지 않기 때문에 어떤 의미로 사용되었는지 불분명하지만, 금문에서는 대부분 '군사'를 뜻하는 '師'자의 의미로 사용되었다. 어째서 군사란 의미로 사용되었던 것일까? 잡(帀)자는 '더 이상 드나들지 못하도록 막다'는 것을 나타낸 글자다. 그러므로 더 이상 드나들지 못하도록 막다 → 그러한 행위를 하는 사람(군사) → 군사가 지키는 곳 → 주위 등의 의미로 확대되었다고 볼 수 있다.

말끔히 제거했다. 이러한 상황을 묘사한 글자가 귀(歸)자다.

현존하는 갑골 복사의 내용은 제사, 정벌, 수렵, 농업, 자연현상, 날짜기록 등으로 간략하게 구분할 수 있다. 이를 통해 당시 사회에서는 정벌이나 수렵이 상당히 중요한 활동 가운데 하나였음을 짐작할 수 있다. 앉아서 쉬었던 흔적 역시 이런 활동과 무관하지 않으며, 그래서 그것을 문자로 남겨 놓았던 것이다. 흔적을 쫓는 삶, 흔적에 쫓기는 삶, 생사의 갈림길에서 나타나는 다양한 흔적들, 그러한 흔적을 지우는 그들의 처절하고 숨막히는 생활상을 우리들은 '自'자와 이와 연결된 글자들을 통해 확인할 수 있다. '自'자의 발음이 어떤 의미를 나타내는지에 대해서는 본서 3장을 참고하면 될 것이다.

지금까지 제시된 글자들 가운데는 『갑골문자전』에서 해결하지 못한 글자들도 수록되어 있다. 글자의 형태를 정확하게 분석하면 지금까지 해석된 부분에서 오류를 찾아내어 바로 잡을 수 있을 뿐만 아니라, 『갑골문자전』에 수록된 글자들 가운데 아직 해결되지 못한 약 2,000여 자에 대해서도 해결의 실마리를 찾을 수 있을 것이다. 우리들은 이 부분에 대한 연구가 절실히 필요하다.

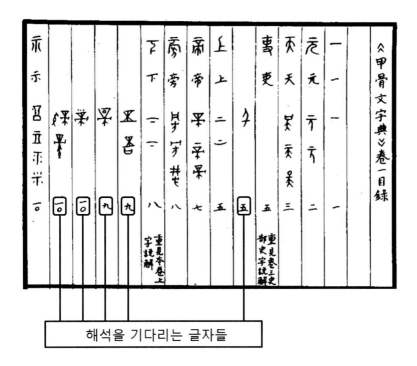

『갑골문자전』 목차와 해석을 기다리는 글자들

6) 양 다리 사이에 숨겨진 은밀한 곳 ― 범(凡), 용(用), 용(甬), 동(同),
   경(冂, **冏**), 향(向), 상(尚), 입(入), 내(內), 병(丙)

그렇다면 글자의 형태에 대한 연구를 어떻게 진행해야 할까? 우선 반
드시 갑골문을 통해 관련 있는 글자들을 하나로 묶은 다음 그 상관성을
분석해야만 한다. 여기에서 분석하는 방법을 간단하게 제시하면 다음과
같다.

갑골문	금문	소전	해서
⿴	⿱	⿵	凡 (무릇 범)
⿱	⿱ ⿱	⿱	用 (쓸 용)
없음	⿱ ⿱	⿱	甬 (솟을 용)
⿱	⿱ ⿱	同	同 (같을 동)
⿰	⿱ ⿱	⿱	冂(囘) (멀 경)
⿱	⿱ ⿱	⿱	向 (향할 향)
⿱ ⿱	⿱ ⿱	⿱	尙 (숭상할 상)
入	入 入	⿱	入 (들 입)
⿱ ⿱	⿱ ⿱	⿱	內 (안 내)
⿱ ⿱	⿱	⿱	丙 (셋째 십간 병)

많은 글자들이 있어 비록 어렵게 느껴질 수도 있겠지만, 글자를 연구하기 위해서는 반드시 거쳐야만 되는 과정이다. 현재 우리들이 사용하고 있는 글자인 해서체(凡, 用, 甬, 同, 冂(同), 向, 尙, 入, 丙, 內)를 보면 형태상 서로 연관된 것들도 있고 연관되지 않은 것들도 있다. 하지만 갑골문을 보면 어떤 특정한 공통분모가 되는 형태를 발견할 수 있을 것이다. 제시된 10개 글자의 공통분모는 '범(凡, 𠙻)'과 '경(冂, ∏)'이다. 여기에는 어떤 비밀이 숨겨져 있을까? 다시 신비한 갑골문의 세계로 떠나보자.

범(凡. 𠙻)

무릇 범(凡)자와 바람 풍(風)자는 원래 같은 글자였다. 그리고 바람 풍(風)자는 봉황새 봉(鳳)자와 같다. 여하튼 풍(風)자와 봉(鳳)자를 자세히 보면 범(凡)자가 숨어 있음을 확인할 수 있다.

바람 풍(風). 봉황새 봉(鳳)

범(凡)자의 초기 발음은 [blom, 보롬], 풍(風)자의 초기 발음은 [plums, 프롬], 봉(鳳)자의 초기 발음은 [blums, 브롬]. 이들 세 발음은 모두 '바람'이다. 지금도 제주사투리로 바람을 [ㅂ롬]이라 한다.

고대인들은 바람을 'method'처럼 그렸다. 그리고 소리를 [보롱, 뽀롱, 봄, 봉, 뽕, 뿡]으로 했다. 'method'은 무엇이고 또한 이 소리는 무엇일까? 바람은 기압차 때문에 생기는데 날이 맑은 지역의 고기압에서 날이 흐린 지역의 저기압으로 공기가 이동하면서 생기는 것이다. 하지만 이것을 어떻게 나타낼 것인가? 실체가 없는 것을 나타내기 위해 선인들은 인체를 이용했다. 바람이 나오는 곳, 이곳은 입과 항문이다. 하지만 입의 주된 기능은 먹는 것이므로 '입(入)'이라 했다. 이와는 대조적으로 항문은 나오는 것이 주된 기능이다.

항문을 어떻게 그릴 것인가? 유사한 부호들(ㅁ, ●, ◇)[15]은 이미 글자로 정해졌기 때문에 이 부호를 사용할 수는 없었다. 그래서 사실적이지만 가장 간단하게 'method"'처럼 그리게 되었다. 엉덩이 사이에 난 구멍, '범(method)'은 그렇게 보이지 않는가? 이에 대한 대답은 사용할 용(用)자와 솟아오를 용(甬)자에서 힌트를 얻을 수 있다.

용(用. method), 용(甬. method)

용(用. method)자는 무엇인가를 사용하는 것이다. 무엇을 사용하는 것일까? 이 글자는 막대기(method)를 사용하는 것이다. 어디에? 바로 항문(method)에. 그래서 항문과 막대기를 결합하여 사용할 용(用)자를 만들게 되었다.

---

15 'ㅁ'는 입모양을, '●'은 태양을, '◇'은 여성생식기를 나타낸 부호다.

고대인들이 뒤처리를 할 때에는 나뭇잎이나 돌멩이 혹은 나뭇가지를 사용했음은 이미 널리 알려진 사실이고 불과 20~30년 전까지 만해도 농촌에서는 밭에 나가 일을 할 때 용변을 본 후에도 이렇게 했다. 사용한 후에 나뭇가지에 대변이 묻어 밖으로 빠져나오는 것은 당연한 일, 그 모양이 바로 솟아오를 용(甬. 甬)자다. 그래서 용(甬)자가 결합된 글자들, 예를 들면 위로 뛰어 오를 용(踊)자, 용감할 용(勇)자, 암송할 송(誦)자, 샘이 솟을 용(涌)자 등의 의미는 모두 '위로 솟구치다'는 의미와 관련 있게 되었다.

대변이 몸 밖으로 빠져나오면 속이 빈 상태가 된다. 그러므로 용(甬)자는 '비어있다'는 의미도 된다. 예를 들면, 대나무로 만든 통 통(筒)자, 물건을 담는 통 통(桶)자, 아플 통(痛)자, 허수아비 용(俑)자, 통할 통(通)자 등이 그것이다.

동(同. 岀)

이제 동시 동(同. 岀)자를 보자. 우리들의 일상생활에서 언제나 '동시에' 할 수 있는 일은 무엇일까? 상상하시라! 동시에 할 수 있는 일을! 고대인들은 대변을 볼 때 소변이 동시에 나온다는 점에 착안하여 '동시에' 라는 글자를 만들었다. 그래서 동(同)자는 항문(月)과 불(不)자에서 이미 언급했던 여성생식기(▽, 口)[16]를 결합해서 만들었던 것이다. 이 얼마나 자연스러운

---

16 입 구(口)자는 예를 들면, 가운데 중(中)자, 좋을 길(吉)자, 기뻐할 이(台)자 등에서 입을 뜻하지 않고 여성생식기로 해석해야 한다. 그러므로 '口'는 '▽'의 변형이다.

연결인가! '동'을 강하게 발음하면 '똥'이다. 그렇다. 이게 '똥'이라는 글자다.

경(冂, 冋. 𦥑)

경(冂, 冂)자는 원래 여성의 두 다리를 그린 글자다. '여성의 다리'임을 강조하기 위해 여기에 여성생식기(▽, 口)를 결합하여 경(冋)자를 만들었다. 경(冂)자는 덮어 가릴 멱(冖)자로도 사용되었다. 당연히 두 다리를 좁혀 '그곳'을 가리면 아무리 보려고 해도 보이지 않는다. '그곳'은 인간의 지식으로는 알 수 없는 생명의 신비를 간직한 신성한 곳이다. 인간 세상과는 다른 신비한 그곳은 끝을 알 수 없는 멀고도 먼 미지의 세계다. 그래서 경(冂)자는 '멀다'는 뜻을 나타내게 되었던 것이다.

향(向. 𩰬)

경(冋)자와 비슷한 글자는 향(向)자, 이 역시 여성의 두 다리 사이에 감춰진 생식기를 적나라하게 묘사했다. 이 글자의 의미는 '향하다, 구하다'이다. 남성들의 입장에 본다면, 그곳은 그들이 원하고 갈망하는 곳이다. 여성들의 입장에서 본다면 그곳은 생명(빛)을 잉태하는 곳이다. 그리하여 향(向)자가 들어있는 글자들은 '향하다, 구하다, 빛'이라는 의미가 들어있게 된 것이다.

상(尙. 尙)

여기까지 이해가 된다면, 숭상할 상(尙. 尙)자는 쉽게 이해가 될 것이다. '八'는 여성의 양쪽 가슴을, 그 사이에 있는 점(·)은 배꼽을, 그리고 '回'은 여성의 다리와 생식기를 그린 모습이다.

모계 씨족사회에서 부족민들은 임신과 양육이 가능한 여성들을 신성시하고 숭배했다. 그리하여 숭상할 상(尙)자가 만들어지게 된 것이다. 숭상할 상(尙)자는 원래 '나체 여성'이란 의미로부터 '여성 숭배'란 의미와 '여성들이라면 반드시 입고 다녀야만 하는 속곳'이란 의미가 생겨나게 되었다.

항상 상(常)자는 여성의 나체 상(尙)자와 수건 건(巾)자가 결합한 글자다. 원래는 여성의 중요 부위(尙)를 가리는 수건(巾)인 '속곳'을 나타낸 말이었으며, 부계씨족사회로 넘어오면서 여성들은 그곳을 가리기 위하여 '늘, 항상 속옷을 입고 다녀야만 했다. 이를 반영한 글자가 바로 항상 상(常)자다. 치마 상(裳)자는 여성의 나체 상(尙)자와 옷 의(衣)자가 결합한 글자로, 여성들이 입는 옷이란 뜻이다.

입(入. 入), 내(內. 內), 병(丙. 丙)

이제 들 입(入)자, 안 내(內)자, 십간을 나타내는 병(丙)자를 보자. 내(內)와 병(丙)자를 자세히 보면 그 안에 입(入)자가 들어 있다. 이를 통해 입(入)자는 내(內)자와 병(丙)자 안으로 들어가는 것을 나타낸 글자임을 알 수 있다.

그렇다면 내(內)자와 병(丙)자는 무엇을 그린 것일까? 굳이 설명하지 않아도 여성의 몸 안으로 들어가는 것을 그린 글자임을 쉽게 눈치 챌 수 있을 것이다. 사전에 소개된 안 내(內)자의 의미는 ① 안, 속 ② 나라의 안, 국내(國內) ③ 대궐(大闕), 조정(朝廷), 궁중(宮中) ④ 뱃속 ⑤ 부녀자(婦女子) ⑥ 아내 ⑦ 몰래, 가만히 ⑧ 비밀히(祕密-) ⑨ 중(重)히 여기다, 친하게 지내다 등 9가지로 구분했는데, 어째서 뱃속, 부녀자, 아내란 뜻이 들어있게 되었는지 이제는 어느 정도 감을 잡을 수 있을 것이다. 다음의 바위그림을 보면 안 내(內. 丙)자의 의미를 보다 분명하게 이해하는 데 도움이 될 것이다.

내몽고 탁자산(卓子山) 바위그림

    병(丙)자에 대해 허신은 "丙(병)자는 남방의 자리를 말한다. 만물이 빛을 발하여 음기가 일기 시작하고 양기는 일그러진다. 이 글자는 일(一), 입(入), 경(冂)이 결합하여 이루어진 글자다. 여기에서 일(一)은 양(陽)을 말한다."[17] 라고 해석했다. 즉, 양기가 음기 안으로 들어가는 것이 병(丙)이다. 양기가 음기 안으로 들어가야 비로소 생명의 씨앗이 탄생하게 된다. 따라서 병(丙) 은 생명의 시작을 나타낸 글자다.

---

17 『설문해자』: "丙, 位南方, 萬物成炳然. 陰气初起, 陽气將虧. 從一入冂. 一者, 陽也."

안 내(內)자는 성교행위를 강조한 글자이고, 병(丙)자는 성교 결과 생명 (빛)을 임신한 사실을 강조한 글자다. 고대인들은 생명을 빛으로 표현했다. 빛을 본다는 것은 새로운 생명이 탄생한다는 의미다. 그래서 병(丙)자의 의미를 찾아보면, 셋째 천간이라는 뜻 이외에도 남녘, 밝음, 굳세다 등의 의미가 있게 된 것이다. 일반적으로 병(丙)자가 결합된 글자들을 보면 몸 속, 밝음, 빛 등의 의미가 많은 것도 바로 이러한 연유 때문이다.

지금까지 10개의 글자 분석과 해석을 통해, 갑골문을 분석하는 방법에 대해 간단하게 소개했다. 다시 한 번 강조하자면, 글자 분석의 시작은『갑골문자전』을 수차례 반복해서 읽은 후 동일한 형태의 글자를 모으는 일부터 시작해야 한다. 그리고 우리의 일상적인 생활을 토대로 당시 생활을 상상해야만 한다. 그 다음 글자들과 대화를 나눠야 한다. 이러한 과정을 거쳐야만 비로소 하나의 글자에 담긴 속살이 우리에게 살며시 드러나게 된다. 그 다음 한 글자 한 글자를 서로 연결시키면 당시 생활상이 우리 앞에 펼쳐진다. 이러한 작업을 거쳐야만 아직까지 해결되지 못한 약 2,000여 글자를 차례로 해결해나갈 수 있을 것이고, 이를 통해 상나라 사람들의 진정한 생활상뿐만 아니라 석기시대 우리 인류의 삶의 흔적을 찾아 낼 수 있을 것이다.

4. 창힐의 마지막 당부

창힐께서는 마지막으로 나에게 세 가지 당부 말씀을 남기셨다. 그리고는 내 어깨를 따뜻하게 감싸 주셨다. 그분의 손결이 어깨에 닿았을 때의 온기가 지금도 느껴진다.

지금까지 한국에서는 『갑골문자전』이 번역되지 못했다네. 그 일을 자네가 맡아서 해 주게. 게다가 『갑골문자전』에 실린 글자를 3,000여 년 전 발음으로 체계적으로 재구성하고 이를 통해 한국어의 기원을 밝혀주게. 마지막으로 『갑골문자전』에 맞는 부수를 설정해서 그 부수체계에 맞게 글자들을 새롭게 나열하게. 이때 반드시 원래 글자의 모습에 맞게 나열해야 하네.

반드시 이 세 가지 일을 마음속에 간직하고 평생 과업으로 생각해주게. 나는 자네를 믿는다네.

인생의 과제를 떠안은 나는 마음이 무겁다기보다는 오히려 행복했다. 꿈속에서 그분을 만난 것은 내 일생의 가장 큰 행운이었다. 그리고 그분의 말씀을 독자들과 나눌 수 있어 정말로 감사하게 생각한다.

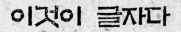

이것이 글자다

....

제6장

글자는 누가 만들었을까?

1. 상민족의 선조와 후예들

1) 홍산문명에서 웅녀(熊女)가 발견 됨

기후는 먼 옛날부터 지금까지 인류에게 큰 영향을 끼쳤다. 기후변화에 대한 연구 방법은 다양하지만 대다수의 학자들은 해수면의 변화를 통해 이를 연구해왔다. 이 방법을 통한 연구 결과에 따르면, 마지막 빙하기가 끝나고 대략 기원전 3,000년경, 인류가 살기에 더 없이 좋은 기후를 맞았다. 이 때문에 이 시기를 기후최적기라고 한다.

이 시기를 전후하여 세계 4대 문명의 발상지라고 일컬어지는 곳에서 문명이 꿈틀대기 시작했는데, 4대 문명보다 조금 더 이른 시기의 문명 유적지가 중국 북부에서 발굴되어 전 세계를 놀라게 했다. 세계사를 다시 써야 할 정도의 발견, 도대체 이곳에서 발굴된 것은 무엇일까?

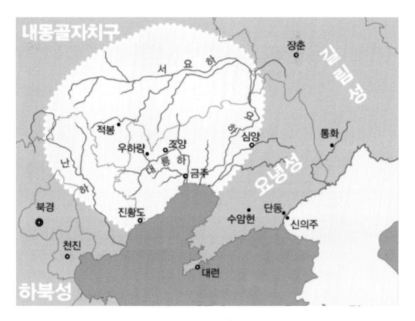

내몽골자치구 일대와 요녕성 일대에 분포한 홍산문명

중국 내몽골과 요녕성 일대에서 발굴된 문명을 '홍산문명'이라 한다. 이곳에서는 여신상(女神像)을 비롯한 곰 문양의 다양한 유물들이 발굴되었는데, 곰 웅(熊)자와 여(女)자를 결합하여 '웅녀상'이라 명명했다. 웅녀!

웅(熊. **ꊦ**)

곰 웅(熊)자는 우리들에게 시사해주는 바가 매우 크다. 능력 능(能)자는
원래 곰(ꊦ)을 그린 글자였다. 그래서 능(能)자가 곧 웅(熊)자였다. 갑골 복
사를 보면, 동물들을 그린 글자들은 동물을 의미하는 경우도 있고 토템을
의미하는 경우도 있다. 토템일 경우, 그 동물을 숭배하는 부족을 말한다.
그러므로 여기서 말하는 곰이란 곰을 숭배하는 부족으로 해석하는 것이
타당하다.

상나라 지배계층은 능(能)자에 엄청난 비밀을 숨겨 놓았다. 그것은 다름
아닌 곰 부족만이 '능력'을 지녔다는 것이다. 홍산문명에서 발견된 곰과
웅녀, 곰 부족, 그 부족을 능력자들이라 치켜세운 상나라. 이로 미루어볼
때, 상나라와 곰 부족 간의 관계는 매우 친밀했음을 엿볼 수 있다.

곰을 그렸던, 곰 부족을 나타냈던 능(能)자가 '곰'이 아닌 '능력'이란 의미
로 사용되어버렸기 때문에 새롭게 곰 웅(熊)자를 만들어냈다. 능(能)자와 웅
(熊)자가 비슷한 이유는 여기에 있다. 여하튼 글자를 만든 상나라가 곰을
숭배하는 부족만이 능력자임을 강조한 점은 매우 의미심장하다.

2) 곰 부족의 이동

기원전 3,000년~기원전 2,000년, 지구는 점점 추워져서 건조한 시기를
맞았다. 비가 적게 내려 메마른 기후가 계속되면서 사람이 살기 좋던 곳이

황량한 사막으로 바뀌었다. 그리하여 4대 문명 발상지의 부족민들은 생존을 위해 농경과 사육 기술을 발달시켰음은 물론 다른 부족들을 침략하기도 했고, 또 그 가운데 일부는 따뜻한 곳을 찾아 남쪽으로 이동하기 시작했고, 또 일부는 고지대에서 저지대로 내려왔다.

이 시기에 홍산문명을 발전시킨 곰 부족민 가운데 일부는 그들의 안녕을 위해 따뜻한 남쪽으로 이동했다. 이들이 어디로 이동했는지는 명확치 않지만 일부는 한반도로, 일부는 중국 동남부로, 일부는 인더스 강 유역으로 이동했을 것이다. 이들은 문명을 개화시킨 자들이라 남쪽으로 이동하면서 그곳에 자리 잡았던 미개한 부족들을 쉽게 제압할 수 있었다.

중국으로 이동한 그들이 어디에 정착했는지 현재로서는 분명치 않지만, 나는 상나라의 수도였던 중국 하남성 일대일 가능성이 높다고 생각한다. 왜냐하면 갑골을 사용했던 흔적이 홍산문명 일대와 하남성과 산동성 그리고 한반도 남부와 일본에 나타나기 때문이다.

상나라가 사용했던 갑골의 흔적이 보이는 곳

3) 상나라 시조 설(偰)과 새 부족, 새와 관련된 글자들, 옹관묘의
흔적

상나라 시조 설(偰)과 새 부족

남쪽으로 내려온 곰 부족은 원숭이와 코끼리가 살고 있었던 따뜻한 곳
에 정착했다. 이곳에는 중국 최초의 왕조인 태양을 숭배하는 하(夏. 🦅)나라
가 있었기 때문에 그들은 초기에 하나라와 좋은 관계를 유지하는 한편,
폭정을 일삼던 하나라를 물리치기 위해 차츰 세력을 키워나갔다. 곰 부족
은 하나라가 세력이 약해진 틈을 타서 결국 승리를 거두게 되었다.

곰 부족은 하나라 백성들에게 자신들의 통치의 정당성에 대해 역설할
필요가 있었다. 하지만 그곳의 백성들은 여태껏 '곰'을 봐 본 적이 없었기
때문에 이를 설명하는 것 자체가 불가능했다. 그래서 곰 부족민들은 자신
들의 조상이 늘 해왔던 방식을 취해서, 하나라의 폭정을 몰아내기 위해
저 높은 하늘에서 내려 왔음을 강조하기 위해 '새'를 숭배하는 민족이라
했다. 이 내용은 『사기·은본기』에 "상(은)나라 시조인 설(偰)의 어머니가 목
욕하다가 현조(玄鳥)가 떨어뜨린 알을 삼켜 설을 낳았다."는 내용과, 상나라
스스로 "하늘이 검은 새를 보내 상나라를 낳게 하였다."는 신화의 내용과
일치한다.

상나라의 시조인 설(偰), '설(偰)'이란 이름을 통해 글(契)을 만든 사람(亻)임
을 알 수 있고, 그의 출생에 대한 기록을 통해 '새'를 숭배하는 민족이었음

을 엿볼 수 있다. 그래서 갑골문에는 새와 관련된 글자가 무수히 많이 등장한다.

새와 관련된 글자들

새와 관련된 글자들은 긍정적인 의미와 부정적인 의미로 나뉜다. 새 부족이기 때문에 긍정적인 의미는 당연한 결과지만, 어째서 부정적인 의미가 생겨나게 된 것일까?

예를 들면, 부정적인 의미로 쓰인 글자 가운데 '빌 걸(乞)'자를 보자. 이글자는 '빌어먹는 사람(비렁뱅이, 거렁뱅이)'이란 뜻을 지닌 '걸인(乞人)'에 나온 글자다. 걸(乞)자는 사람 인(人)과 새 을(乙)자가 결합된 글자로 새 부족 사람들이 '비렁뱅이'로 전락했음을 보여준다. 이렇게 부정적인 의미로 사용된 이유는 주나라가 상나라를 멸망시키면서 그들에 대한 멸시 때문이었다. '걸(乞)'자에 입 구(口)자를 결합시킨 글자는 먹을 흘(吃)자다. 흘(吃)이란 발음은 <u>후르륵</u> 국물을 마실 때 '흘리다'에서 나왔다.

여하튼 새와 관련된 글자는 계속해서 불어났다. 얼마나 많이 불어났는지는 최초의 자전인 『설문해자』을 통해 확인할 수 있다. 이 책에는 9,353개 글자가 540개 부수별로 나열되어 있는 것이 특징이다.[1] 일반적으로는

---

1 허신이 540개 부수를 설정한 이유는, 6(음의 극수)×9(양의 극수)×10(완전한 수)에서 540개가 나왔다. 이 540개 부수로 우주 만물의 모든 섭리를 묘사할 수 있다고 그는 생각했다.

각 사물에 대해서는 부수를 하나만 설정하는 것이 원칙이지만, 중요한 사물에 대해서는 예외적으로 2~3개 부수를 설정했다.[2] 하지만 유독 '새'와 관련해서는 다음과 같이 17개 글자를 부수로 설정했다. 이는 새 부족이 그만큼 중요했음을 반증한다.

새 추(隹)	새 한 쌍 수(雠)	새 떼 지어 모일 잡(雥)
날개를 칠 순(奞)	올빼미 환(萑)	매 응시해서 볼 구(瞿)
제비 연(燕)	제비 알(乚)	새 을(乙)
새 조(鳥)	까마귀 오(烏)	

이 뿐만 아니라 새와 관련해서 다음과 같은 글자들도 부수로 설정되었다.

---

2 머리는 중요하기 때문에 머리 수(首), 머리 수(𩠐), 머리 혈(頁) 등 부수 3개를 설정했다.

깃 우(羽)	아닐 비(非)	익힐 습(習)
날 비(飛)	빨리 날 신(卂)	날 수(乙)

우리들은 새를 숭상하는 민족을 동이족(東夷族)이라 부른다. 이들과 우리 선조들은 불가분의 관계가 있다는 것이 지금까지의 정설이다.

옹관묘의 흔적

상민족은 시(尸)자로 죽은 자를 나타냈다. 본서 1장에서 이미 언급한 바와 마찬가지로 시(尸)자는 사람이 앉아있는 모습이다. 주검을 앉아 있는 상태로 만든 것은 다름 아닌 옹관묘의 흔적이다. 옹관묘의 분포 지역, 동이족의 분포지역, 우리 선조들의 활동 지역 등이 서로 일치하는 것으로 미루어, 상민족과 우리 민족은 불가분의 관계가 있음을 부인하지 못할 것이다.

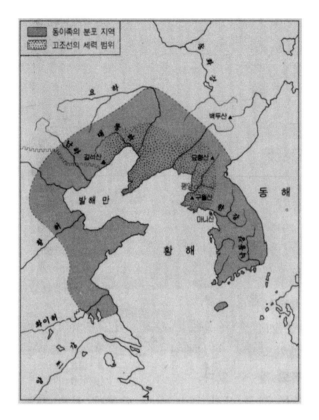

동이족, 고조선, 옹관묘 분포 지역이 상당부분 일치하고 있음을 보여주는 지도

4) 상나라 마지막 왕 - 주왕, 『사기』 기록의 문제점, 주나라에 빼앗긴
   글자 __ 미(美), 의(義), 선(善)

상나라 마지막 왕 — 주왕

하지만 상나라는 기원전 11세기 경 서쪽에서 세력을 확장한 주(周. 기원
전1,046년 ~ 기원전 256년)나라에 의해 멸망당했다. 『사기』에 따르면, 상나
라의 마지막 왕인 주(紂)왕은 원래는 매우 뛰어난 인물이었다. 그는 맨손으
로 맹수를 상대하고 뭇 사람의 조언이 필요하지 않을 정도로 총명했다고
전해졌다. 하지만 그는 교만하고 여자와 술을 좋아했으며 물욕이 대단했
다. '달기(妲己)'라는 여인을 매우 총애해서 그녀의 말이라면 무조건 따랐다.
달기에 빠진 주왕의 폭정은 말로 형용할 수 없을 정도였다.

주왕과 달기

그는 음탕한 음악을 만들게 하고 저속한 춤은 물론 퇴폐적인 음악을 연주하게 했다. 세금을 무겁게 매겨 창고를 채우고, 기이한 짐승들로 정원을 채웠으며, 수많은 악공들을 불러들임은 물론 술(酒)로 연못(池)을 만들고 고기(肉)를 매달아 숲(林)처럼 만든 다음 그 안에서 벌거벗은 남녀들이 서로 쫓아다니며 밤새 놀게 했다. 술로 만든 연못과 고기로 만든 숲이라는 뜻의 주지육림(酒池肉林)이라는 고사성어가 여기서 생겨난 것이다.

주왕의 폭정에 시달린 다양한 부족들은 서쪽에서 성장한 주나라와 연합하여 상나라를 멸망시켰고, 이에 상나라는 수많은 수수께끼를 남긴 채 역사의 뒤안길로 사라져버렸다.

『사기』 기록의 문제점

중국 최고의 역사서인 『사기』의 내용에 따르면, 중국 최초의 왕조인 하(夏)나라, 하나라를 이은 상(商)나라, 상나라를 이은 동주(東周)의 멸망 원인을 '여성에 빠진 왕의 폭정'에 두고 있다. 내용은 앞의 주왕과 달기의 내용과 대동소이하다.

어째서 이런 일이 발생했을까? 북쪽의 견융(犬戎)이 주나라를 침략해서 주왕실을 불살라 버렸기 때문이다. 그 결과 왕실에 보관 중이었던 역사서 즉, 동주(東周)시대와 그 이전의 역사서가 순식간에 전부 재로 변해버렸다. 그러므로 『사기』에 기록된 동주와 그 이전의 역사 기록에 대해서는 반드시 재고해야만 한다.

주나라에 빼앗긴 글자 __ 미(美), 의(義), 선(善)

　고대 기후 연구에 따르면, 상나라가 정착하고 왕조를 유지한 기원전 17세기부터 기원전 12세기까지 그곳은 오늘날의 (아)열대기후처럼 과일도 풍부했고, 농사도 매우 잘 되었던 곳이었다. 하지만 기원전 11세기 경 전후, 갑자기 추워져 신빙하기가 도래했다. 냉랭한 기후로 인해 날씨가 점점 추워져 과일도 부족해지고 농사도 풍작을 기대할 수 없게 되자, 상나라 왕실은 하늘에 제사를 지냈고 주변 민족을 침탈하면서 왕실의 권위를 유지했다. 주변 민족 역시 상황은 이와 비슷했다. 먹을 것이 줄어들고 목초지가 부족해지자 부족들은 이동할 수밖에 없었다. 당시 서쪽에서 상나라의 핍박을 받던 부족들이 주나라를 중심으로 연합해서 상나라의 폭정에 반기를 들었던 것은 이러한 연유에 기인한다.

　서쪽에 있던 주나라 민족의 주된 구성원인 강(姜, 羌)족은 글자에서 보듯이 양(羊)을 숭배했던 부족이었다. 상나라에 억압을 받았던 이들은 당시 최강국이었던 상나라를 점령하면서 상나라의 자랑인 글자에도 위해를 가했다. 왜곡된 글자들 가운데 가장 중요한 글자로는 미(美)자, 의(義)자, 선(善)자다.

미(美)자   머리에 장식한 모습

이 세 글자에는 모두 '양(羊)'자가 들어 있다. 양을 숭배하는 부족, 상나라에 포로로 잡혀왔던 그들이 갑자기 상나라를 차지하면서 '양(羊)' 관련 글자들이 미화되기 시작했다. 이들이 양의 뿔 혹은 양의 머리를 자신의 머리에 쓴 모습이 아름다울 미(美)자, 이들이 무기를 든 모습이 의로울 의(義)자, 이들이 하는 말이 선할 선(善)자. 이 세 글자는 모두 자신들이 상나라를 멸망시킨 일을 주변에 알리기 위해 의미를 새롭게 변형시킨 글자들이다. 즉, 자신들이(美) 주변을 위태롭게 하는 상나라를 물리쳤다는 것은 정정당한 한 일이었음을(義) 선전하기 위해(善) 의미를 왜곡시킨 글자들이었던 것이다.

글자들이 주나라 왕실의 손에 넘어감에 따라 글자 속에 들어 있던 신성성이 차츰 사라져갔고, 그와 동시에 그들은 자신의 기호에 맞게 글자의 의미를 변형시키는 만행을 저지르는 등 점점 오만해져갔다. 시간이 흐르면서 그들은 신의 지위까지도 차지해버렸다. 이제 인간이 빼앗은 신의 자리를 다시 신에게 넘겨줘야 할 때다. 신은 신의 자리에, 인간은 인간의 자리에, 글자는 글자의 자리에 있을 때 비로소 우주의 대질서가 회복될 것이다.

2. 현재 중국 상고음에 대한 학자들의 입장

1) 상고음, 중국측 학자들의 입장

상고음

중국 상고음(上古音. 기원전 11세기~기원전 2세기)이란 주나라 초기인 기원전 11세기부터 전해 내려온 『시경(詩經)』이란 노래에 사용된 발음을 말하고, 그 이전의 발음은 원고음(遠古音)이라 하며 갑골문의 발음을 말한다. 그러므로 이론적으로 상고음을 통해 원고음을 추론할 수 있다.

이미 본서 1장과 4장에서 언급했듯이, 상고음에 '복성모(複聲母)'가 존재한다는 점은 매우 특이하다. 이것이 바로 여기서 다룰 내용이다. 한국어는 자음과 모음으로 구분되지만, 중국어는 성모와 운모로 구분된다. 예를 들면, [lam]에서 모음[a] 앞까지인 [l]을 성모라고 하고, 성모를 제외한 나머지 [am]을 운모라고 한다. 한국어의 자음과 모음과는 다르다.

성모   운모

중국어 성모와 운모

이제 바람 풍(風)자를 예들어 보자. 바람 풍(風)은 지금은 [p̆iuŋ. 풍]으로 발음하지만, 상고음은 [plums. ㅂ룸]으로 발음했었다. [p̆iuŋ]에서 [p]를 성모라고 하는데, 상고음인 [plums]을 보니 [pl]이 성모가 되었다. 이처럼 성모가 두 개 혹은 그 이상이 되는 것을 복성모라고 한다.

복성모가 되는 글자들을 보면, 본서에서 예로 든 풍(風. ㅂ룸), 력(力. ㄲ력), 가(街. 거리), 개(乣. 그리), 점(占. 그림), 락(樂. 가락), 성(聲. 쩌렁), 추(秋. ㄱ술) 등과 기(器. 그릇), 운(雲. 구름), 가(葭. 갈대), 필(筆. 벼루) 등이다. 이 발음들은 고대 한국어 발음과 유사하기 때문에 기원전 11세기 경의 고대 중국어와 고대 한국어 간의 관계 설정이 문제가 되었다. 그래서 학자들 간에 양국의 언어가 동일한 언어였는지 아니면 빌려온 언어였는지 아니면 서로 독자적인 언어였는지 등에 대해서 토론이 진행되었다.

중국 측 학자들의 입장

대다수의 중국학자들은 고대 한국어가 고대 중국어를 차용했다고 주장한다. 이들의 주장은 이렇다. 고대로부터 기원전 약 2세기까지 중국어가 한국어에 영향을 끼쳤기 때문에 고대 중국어 발음과 고대 한국어 발음이 동일했다가, 후에 중국어는 중국어대로 발음이 변했고 한국어는 한국어대로 발음이 변했다는 것이다. 즉, 양국 모두 기원전 2세기 전까지 '브롬'이라고 발음했다가 그 이후에 중국어는 [풍]으로 한국어는 그대로 [브롬]을 유지했다는 것이다. 이러한 견해를 한국의 일부 저명한 학자들조차 무비판적으로 받아들이고 있는 것이 현실이다.

과연 그럴까? 고대 한국어가 고대 중국어를 차용했을까? 혹시 이와는 정반대로 고대 중국어가 고대 한국어를 차용했던 것은 아닐까? 아니면 서로 다른 언어였지만 어느 시기 서로 영향을 주고받았다가 후에 다시 원래대로 각자의 길을 갔던 것은 아닐까? 이제 중국측 학자들의 견해에 대해서 반론을 제기해보고자 한다.

2) 이에 대한 반론

기원전 11세기, 주나라 초기에는 상나라의 풍습을 대부분 답습했다. 양을 숭배하는 유목민족이었던 그들은 농경민족이었던 상나라를 다스리기 위해서는 초기에 상나라의 문화를 그대로 받아들일 수밖에 없었다. 그들은 힘으로만 상나라를 제압했을 뿐 문화면에서는 상나라에 훨씬 미치지 못했기에 문화에 대한 열등감이 늘 존재했다.

열등감 표출의 방법은 상나라 사람(상인)들에 대한 멸시에서 시작했다. 그들은 상인들이 뭉치지 못하도록 그들을 이주시키는 방법을 사용했음은 물론, 원래 상인들의 고향이었던 곳을 송(宋)[3]이라는 이름으로 바꿔 일부를 이곳에 그대로 정착시켰다.

상인들의 이동으로 인해 상나라의 말은 중국 전역으로 퍼져나갔고, 특히 중국 동부 해안선을 따라 북쪽으로, 남쪽으로 퍼져나갔다. 지명을 송나라로 개명한 지역에 남아있던 일부 상인들에 대한 멸시는 다양한 고사성어에 그대로 반영되었다. 예를 들면, 수주대토(守株待兎), 송양지인(宋襄之仁), 알(발)묘조장(拔苗助長)[4] 등이 그것이다. 이러한 고사성어의 주된 내용은 송나라 사람들(상인들)은 어리석다는 점을 강조했다. 상인들이 정말로 어리석었을까? 결코 그렇지 않았다. 글자를 만들고, 청동기를 주조했던 상인들은 매우 뛰어났다. 이러한 고사성어는 그들에 대한 열등감에서 오는 시기질투의 또 다른 표현에 불과했다.

---

3 중국 역사상 송나라는 여러 차례 등장한다. 첫 번째 송나라는 기원전 1040년~기원전 286년까지 약 754년간 지속되었다. 두 번째 송나라는 남조(南朝)시대 때 420년~479년 간 존재한 나라로 역사상 류송(劉宋)이라 한다. 세 번째 송나라는 우리들이 잘 알고 있는 960년~1276년 간 존재했던 나라로 북송(北宋)과 남송(南宋)을 통칭한 나라다. 본서에서 말하는 송나라란 기원전 1040년~기원전 286년까지 약 754년간 지속된 첫 번째 송나라를 가리킨다.
4 ▶ 수주대토(守株待兎): 한 가지 일에만 얽매여 발전을 모르는 어리석음을 비유적으로 이르는 말. 중국 송나라의 한 농부가 나무 그루터기에 달려와 부딪쳐 죽은 토끼를 우연히 잡은 후에, 또 그와 같이 토끼를 잡을 것을 기대하여 일도 하지 않고 나무 그루터기만 지키고 있었다는 데서 유래한다. ▶ 송양지인(宋襄之仁): 너무 착하기만 하고 실속이 없음. 중국 춘추 시대, 송나라의 양공(襄公)이 적을 불쌍히 여겨 공자 목이(公子目夷)의 진언(進言)을 받아들이지 않아 오히려 초나라에 패배 당함으로써 세상 사람의 조소를 받았다는 고사에서 유래되었다. ▶ 알(발)묘조장(拔錨助長): 싹을 뽑아 올려, 자라는 것을 돕는다는 뜻. 이는 송나라의 어느 어리석은 농부 이야기에서 유래했다. 그는 자기가 심은 곡식의 싹이 더디게 자라자 이것이 걱정되어 싹을 잡아당겼다. 그러고는 집에 돌아와서 아들에게 자랑을 했다. "오늘 내가 큰일을 했지. 싹이 잘 자라도록 도와주었단다." 이 말을 들은 아들이 밭에 나가 보니 뿌리 뽑힌 싹들이 햇볕에 말라 죽어 있었다는 고사에서 유래되었다.

기원전 11세기부터 기원전 2세기까지 뛰어난 문화를 간직한 상인들이 중국 전역으로 퍼지면서 상인들의 말과 글 역시 전역으로 퍼져나갔다. 상인들의 말을 그려낸 글, 그러므로 글 속에는 상인들의 숭고한 정신이 담겨 있었다. 이는 말과 글이 일치했을 때라야만 비로소 찾을 수 있는 숭고함이었다.

상나라를 계승한 송나라(기원전 1040년~기원전 286년)에서는 말과 글이 일치했지만, 송나라를 제외한 주나라의 나머지 지역에서는 말과 글이 일치하지 않았다. 이러한 역사적 사실에 기초해보면, 송나라 지역에서는 상나라의 말이 곧 고대 중국어였다. 그러나 세월이 흐르면서 송나라 상인들은 차츰 주나라에 동화되어 그들의 말과 글이 서로 나뉘게 되었고, 결국은 발음에 변화가 발생하여 말은 말대로 글을 글대로 발전하게 되었다.

기원전 6세기부터 기원전 2세기까지 중국은 그야말로 격변의 시대였다. 이 시기를 춘추전국시대라고 한다. 격랑의 시기에 종지부를 찍은 인물이 진시황이다. 그는 이전에 각국에서 사용했던 글자를 하나로 통일시켰다. 글자를 통일시켰다는 것은 말을 통일시켰다는 것과 통한다. 왜냐하면 말이 곧 글자이기 때문이다. 진시황, 그는 글자를 통일시킨다는 미명하에 자신들의 말과 상인들의 글을 억지로 일치시켰던 것이다. 그로부터 고대 중국어는 글자에서만 찾아볼 수 있을 뿐 그 발음은 영원히 사라져버리게 되었다.

그렇다면 갑골문에 남아 있는 초기 발음이 한국어에는 거의 변하지 않고 그대로 남아 있는 이유는 어떻게 설명해야 할까?

주나라에 패한 상인들은 피난민에 가까웠다. 그 가운데 일부는 그대로 남았고(송나라), 일부는 동쪽으로, 일부는 해안선을 따라 북동쪽으로, 일부는 해안선을 따라 동남쪽으로 퍼져나갔다. 당시 고조선이 있는 동북쪽으로 향한 일부 상인들은 피난민 신세라 세력다운 세력이 아니었기 때문에 고조선 사회에서 그들의 영향력은 미약했다고 보는 것이 합리적인 추론이다.

　　고조선 사회에 대한 영향력이 미약했던 상인들, 하지만 그들이 사용했던 대부분의 글자에 남아 있는 고대 한국어, 이것은 무엇을 의미할까? 상나라와 고조선의 언어가 유사했을 것이라는 추측 이외에는 그 어떤 추측으로도 대답이 불가능하다. 왜냐하면 미약한 세력으로 일국의 언어 전반에 영향을 끼친다는 것은 동일한 언어가 아니고서는 사실상 불가능하기 때문이다. 그러므로 상나라와 고조선의 언어가 동일했기 때문에 한국에서는 지금까지도 갑골문의 초기 발음을 그대로 유지해 올 수 있었던 것으로 유추할 수 있다.

3. 글자는 누가 만들었을까?

1) 예서체와 글자개혁(간체자)

예서체

진시황에 의한 글자 통일은 또 다른 글자를 낳았다. 이것은 다름 아닌 현대 글자의 전신이라 일컬어지는 예서체(隷書體)의 등장이었다.

진시황이 전국을 통일하면서 수많은 노예(포로)들이 생겨났다. 그래서 노예를 관리하는 업무가 기하급수적으로 늘어났다. 이에 진나라 황실에서 쓰이던 그림과 같은 글자로는 이 많은 업무를 기록하는 것이 불가능해졌고 마침내 노예의 업무들을 처리하기 위해 글자가 만들어졌는데 이것이 바로 예서체다. 예서체는 그림 형태의 글자를 간략하게 만든 서체다. 그 후 차츰 글자 개혁이 진행되었으나 거의 비슷했으므로 개혁이라 부를 수 없는 정도였다.

글자개혁(간체자)

1949년 중화인민공화국이 건국되면서, 중국공산당은 백성들의 문맹률을 낮추기 위한 수단으로 약 2,000여 년 이상 줄곧 사용되었던 예서체의 형체를 변화시켜 간체자(簡體字)를 만들었다. 간체자로의 변환은 글자에 대한 변화의 정도가 아주 심해 가히 개혁이라 불릴 만 한 역사적인 사건이었다. 너무 심하게 변화를 시킨 나머지 간체자에는 그 어떤 문화적 요소가 들어 있을 수 없게 되었을 뿐만 아니라 심지어 글자에 녹아 있는 문화까지도 변형시켜버렸다.

2) 간체자에 대한 비판 __ 효(爻), 교(敎), 학(學)

간체자에 대한 비판

예를 들면, 예도 예(禮)자를 간체차로는 '礼'처럼 쓴다. 본서 3장에서 이미 설명했듯이, 례(禮)자는 굽이 높은 잔에 술을 가득 따르거나 혹은 굽이 높은 쟁반에 과일을 가득 쌓아(豊) 신께(示) 바치는 행위를 나타낸 글자다. 술을 가득 따르면 혹은 쟁반에 과일을 가득 쌓으면 쉽게 쏟아지거나 무너져버리기 때문에 매우 조심스럽고 정성스럽게 다뤄야만 한다. 이처럼 조심스럽고 정성스러운 행동이 예(禮)자에 내포되어 있는 문화다.

하지만 간체자인 '礼'자는 단지 신(示)과 관련되어 있다는 점 이외에 그 어떤 문화도 찾아볼 수 없다. 간체자로 바뀌는 순간, 예(禮)자에 담긴 약 3,300년 이상 동안 면면히 이어져 내려온 선조들의 문화가 한 순간에 사라져버렸다. 만일 진정 중국의 선조들이 글자를 만들었다면, 그 후손들이 이처럼 한 순간에 전통문화를 파괴시킬 수 있었을까?

효(爻), 교(教), 학(學)

또 다른 예를 들면, 가르칠 교(教)자와 배울 학(學)자를 간체자로는 '教学'
처럼 쓴다. 원래의 교(教)자와 학(學)자는 상나라의 운명과 연관된 매우 중
요한 글자였으나, 간체자로 바뀌면서 그 의미가 매우 퇴색되었다. 다음 그
림을 통해 교학(教學)의 진정한 의미를 살펴보자.

갑골문	금문	소전	해서
			爻 (점괘 효)
			教 (가르칠 교)
			學 (배울 학)

효(爻)란 윷가락처럼 생긴 네 개의 막대기를 그린 것으로, 이것은 점괘를
말한다. 그러므로 가르칠 교(教)자는 점을 보고(爻) 그것을 해석하는 능력을
자식에게(子) 엄하게(攵) 가르친다는 의미고, 배울 학(學)자는 집안에서(冖)
자식들이(子) 양손으로 직접 점을 치면서(図) 그것을 해석하는 능력을 배운
다는 의미다.

효(爻)자, 교(敎)자, 학(學)자 등은 원래 정인(貞人)들을 위해 만든 글자였다. 본서 3장에서 이미 언급했듯이, 정인의 정(貞)자에 점 복(卜)자가 들어 있는 것으로 보아 정인이란 점을 치는 사람임을 알 수 있다.

정(貞)자는 '바르다'는 의미다. 어째서 이런 의미가 들어있는 것일까? 다음 그림을 보면, 정(貞)자는 점 복(卜)자와 솥 정(鼎)자가 결합한 글자다. 즉, 점을 친 내용을 솥에 '바르고 정확하게' 새긴다는 의미다. 거북이배껍데기에 새긴 글자를 갑골문이라 하고, 이처럼 청동으로 만든 제품에 새긴 글자를 금문(金文)이라 한다. 상나라에서 사용되었던 금문은 갑골문보다 사용시기가 조금 이르다.

갑골문	금문	소전	해서
𦥑 𦥑	𦥑 貞	貞	貞 (바를 정)

결론적으로 말하자면, 교학(敎學)이란 상나라 특수 계급인 무당들을 위해 혹은 그 자제들을 위해 만든 글자였다. 그들에게 점보는 법, 점을 해석하는 법, 그것을 기록하기 위해 글자를 쓰고 읽는 법 등을 엄하게 가르치고 배우는 것이 '교학'의 원래 의미였다. 지금까지 수차례 언급했듯이, 상나라는 무당의 나라였다고 해도 과언이 아니다. 무당의 점괘 해석은 나라의 운명을 좌우했기 때문에, 점을 치는 방법과 신의 계시를 정확하게 해석하는 능력을 가르치고 배우고 익히는 것은 그 무엇보다 중요한 일이었다.

상나라의 운명을 결정했던 교학(敎學)이란 글자는 이처럼 중요한 문화를 간직한 글자였지만, 간체자로 바뀌면서 문화가 완전히 바뀌어버렸다. 간체자 교(敎)자를 보면 점괘를 가르치다(爻)와는 전혀 다른 효도 효(孝)자로 바뀌었다. 이것은 무엇을 의미할까? 이는 현대 중국 사회에서는 자식이 부모님께 효도하는 전통이 사라졌음을 의미한다. 그래서 자식들에게 효도를 가르치는 것이 그 어떤 것보다 중요함을 보여준다. 간체자 학(学)자에서는 그 어떤 문화적 함축 의미를 찾아볼 수 없을 정도다. 이처럼 1950년 대 행해진 글자 개혁은 약 3,300년 이상 면면히 이어온 전통문화를 완벽하게 파괴하고 변화시켜버렸다.

글자란 이처럼 무서운 것이다. 문맹률을 낮춘다는 미명하게 행해진 문자개혁, 그들은 이를 통해 문화를 파괴함은 물론 정신까지도 파괴하고 더 나아가 변질시켜버리는 만행을 아무렇지도 않게 저질렀던 것이다.

3) 글자는 누가 만들었을까?

다시 한 번 강조하지만, 만일 중국의 선조들이 정말로 초기 글자를 만들었다면, 그 후손들이 이처럼 한 순간에 전통문화를 파괴하고 변형시키는 만행을 저지를 수 있었을까?

이 질문에 대한 대답은 독자분들의 판단에 맡기겠습니다.

▌ 찾아보기 ▐

바

발(跋) 56
발(发) 56, 58, 61
배(配) 25
배(肶) 204
배(胚) 204
백(白) 125, 137, 138, 139
번(燔) 169, 170
범(凡) 122, 217, 219, 240
법(法) 69, 73
법(灋) 70
변(辨) 71, 73
변(辯) 71, 73
변(采) 57
별(別) 163, 164
별(徹) 124
병(丙) 217, 223, 224, 225, 226
병(秉) 46
병(蚌) 91
보(報) 20
보(步) 56
보(保) 17
복(福) 30, 31
복(富) 25, 26
복(偪) 25, 26
복(卜) 88, 89, 106, 107
봉(鳳) 122, 219
부(富) 26
불(不) 200, 206
불(弗) 124
불(拂) 124
비(匕) 188, 190, 192
비(比) 192

비(조) 204
비(非) 238
비(飛) 238
빈(牝) 39, 188, 190, 191

사

사(蛇) 114, 115, 116
사(似) 146
사(士) 189
사(師) 213
사(祀) 23, 126
사(史) 42, 46
사(絲) 61, 66
사(寫) 77
사(巳) 126
일(事) 46
사(死) 116
산(酸) 25
살(殺) 116
상(象) 187, 188
상(尙) 217, 223
상(常) 223
상(裳) 223
생(生) 187, 188
서(書) 77, 78
선(善) 240, 242, 243
선(鮮) 45
설(偰) 74, 77, 162, 235
성(聲) 119, 120
성(醒) 25
성(聖) 92, 93, 94, 96, 113, 114,
　　120, 129, 130
성(耵) 120

김하종(金河鍾)

중국산동대학교 문자학 박사. 전 중국산동사범대학교 초빙교수. 전 초당대학교 한중정보문화학과 교수. 현 작가 겸 제주한라대학교 겸임교수.

역서 및 저서

『문화문자학』(문현, 2011), 『문자학의 원류와 발전』(문현, 2013), 『에로스와 한자』(문현, 2015), 『그림 문자로 이해하는 541개 한자부수』(문현, 2015)

주요 논문

「殷商金文詞彙研究」, 「암각화 부호와 고문자 부호와의 상관성 연구 I」, 「암각화 부호와 고문자 부호와의 상관성 연구 II」, 「고문자에 반영된 龍의 原型 고찰」, 「한자 '臽(되)'자 본의 연구」 외 다수

이것이 글자다 - 글자의 신 창힐과의 대화

2021년 3월 15일 초판인쇄
2021년 3월 25일 초판발행

저　　　자 김 하 종
펴 낸 이　 한 신 규
본문디자인　김 영 이
표지디자인　이 미 옥
펴 낸 곳　**문현**출판

주소 05827 서울특별시 송파구 동남로11길 19(가락동)
전화 02-443-0211 팩스 02-443-0212 E-mail mun2009@naver.com
홈페이지 http://www.mun2009.com
출판등록 2009년 2월 24일(제2009-14호)
출력·인쇄 ㈜대우인쇄 제본 보경문화사 용지 종이나무

ISBN　979-11-87505-44-0 93820 정가 23,000원